DIE FARM

PENSER PULP

HERAUSGEGEBEN VON THOMAS WÖRTCHE

MAX ANNAS

DIE FARM

DIAPHANES

Für Marianne Annas,
mit der das Leben begonnen hat. Und das Lesen.

24. AUGUST, 17.32H

„Ich bin ja kein Rassist", sagte Franz Muller, machte eine Pause und schaute auf das Loch in seinem Zaun. Er fragte sich, wer sich dort nachts mit einem Bolzenschneider zu schaffen gemacht hatte. Und er wunderte sich, wem der weiße Kastenwagen gehörte, der nahe der Haustür geparkt war. Der dicke Kobus Prins, der neben ihm stand, nickte pflichtschuldig, ohne ein Wort zu sagen. „Aber ...", setzte Muller wieder an und machte eine weitere Pause. Während er deutlich hörbar Luft durch seine Lippen blies, fiel der erste Schuss, plopp, und riss ihm das rechte Ohrläppchen weg.

Muller griff sich an den Kopf und spürte das warme Blut zwischen den Fingern. Plopp. Von Prins kam ein mattes „Ah!", dann sank er auf die Knie, während seine Hände hilflos nach der Wunde in seinem Rücken suchten. Plopp. Muller warf sich auf den Boden und sah, dass Prins noch einmal getroffen worden war. Er riss den Vertreter zu Boden. Prins spuckte einen Schwall Blut über dem Farmer aus und fiel auf ihn. Die beiden Hunde sprangen über sie hinweg.

Prins tot über sich auf seinem Bauch liegend, drehte sich Muller und sah Trixies Hyundai neben der Haustür, der alte Bedford-Bakkie weiter weg. Dort waren die Hunde jetzt angekommen, panisch aneinandergedrängt. Plopp. Plopp. Plopp. Dieser weiße Kastenwagen, Jaynes kleiner Mercedes, die großen Stacheldrahtrollen. Andere sahen ihr Leben vorbeiziehen, dachte Muller. Im letzten Moment. Er sah sein Eigentum. Simonshoek war sein Leben. Plopp. Jetzt lag er auf der Seite. Prins blutete auf ihn drauf.

Trixie! dachte Muller, wo war sie nur, während ihm der schwere Saatgutvertreter die Luft raubte. „Alle ins Haus!", rief er mit dem letzten Atem, den er hatte. „Sofort ins Haus!" Dann fühlte er Prins den Puls. Nur um sicher zu sein.

Trixie! dachte er wieder. Plopp. Er hatte seine Tochter eben noch irgendwo auf der Veranda gesehen. Während er sich weiterdrehte, um besser atmen zu können, hörte er das Geschoss in Metall einschlagen. Irgendein Auto. Er sah Thabo hinter die Stacheldrahtrollen springen, die am Morgen angeliefert worden waren. Das steife Bein zog er ein wenig nach und rollte sich dort zusammen. Plopp.

Plopp.

Plopp.

Plopp.

Eine Scheibe zerplatzte. Das Haus.

Überall hektisches Laufen und Hinwerfen. Muller hörte Schreien und Rufen. „Hierher!", rief Trixie. Er traute sich nicht, Prins' schweren Leib von sich zu stoßen. Wenn ihn hier im offenen Gelände zwischen Zaun und dem Farmhaus etwas schützte, dann war es das viele Fleisch.

Gerade fielen allerdings keine Schüsse mehr. Gcilitshana lag bäuchlings hinter seinem Auto auf dem Boden und hatte seine Pistole in der Hand. Den Kopf oben. Die untergehende Sonne schien durch die Fenster auf der einen Seite in den Polizei-BMW hinein und zur anderen Seite wieder heraus. Die Hunde lagen ganz in seiner Nähe. Sie rührten sich nicht mehr. Und dann sah er auch Trixies weißen Rock. Unter dem Bedford auch ihre Füße und noch ein Paar weitere neben ihr. Alte Schuhe und eine dunkle Hose, das musste der Junge sein, der zum Zaunreparieren gekommen war. Plopp. Eine Scheibe im Bakkie zerplatzte. Die Füße dahinter bewegten sich im Zickzack von dem Autoskelett fort. Bleibt doch da, dachte Muller. Einen besseren Schutz findet ihr nicht.

Da waren noch mehr Füße. Er hatte die drei Arbeiter vergessen. Der erste tauchte jetzt rennend hinter dem Bedford auf. Eine Zielscheibe im Blaumann, perfekt beleuchtet vom letzten Strahl der Sonne. Plopp. Er erreichte das Haus mit einem Sprung. Der zweite kam gerannt, gefolgt vom dritten. Plopp. Plopp. Plopp. Plopp. Die Kugeln schlugen in den Kastenwagen ein. Auch die beiden erreichten sicher das Haus.

In einer Minute schon würde es erheblich dunkler sein. Hoffentlich wurde jetzt niemand unvorsichtig. Gcilitshana erhob sich langsam und schaute durch die Fenster seines Autos in die Richtung, aus der die Schüsse gekommen waren. Etwa zwanzig bisher. Oder weniger.

Oder mehr. Wer konnte dahinterstecken? Für ein paar tausend Rand wurden schnell mal ein paar Leute umgebracht. Und die würden sie im Haus auch finden. Aber warum kamen sie ausgerechnet heute? Wo so viele Leute hier waren?

Gcilitshana legte den Arm jetzt auf die Kühlerhaube des BMW, in seiner Hand die Dienstpistole. Das Tageslicht war fast verschwunden. Der Polizist schaute zu Muller hinüber und nickte kurz. Er schoss im Sekundenabstand. Acht Mal. Dann stand er auf und rannte zur Haustür. Kein Schuss von der anderen Seite.

Muller rollte Prins' Körper zur Seite, blieb aber noch liegen. Zum Glück hatte Zak den Bewegungsmelder ausgeschaltet. Auf seinen Sohn war Verlass.

Er konnte gerade noch die Füße unter dem Bedford sehen. Da war Bewegung. Jetzt kam der Handwerker hinter dem Auto hervor. Er lief und hatte Trixie an der Hand. Kein Schuss. Bevor sie die Haustür erreichten, stolperte Trixie, aber der Junge zog sie mit einer geschickten Bewegung ins Haus hinein.

Muller war jetzt allein draußen. Es war fast dunkel, und im Haus wurden sie sicher schon nervös. Er stellte sich vor, die Walther in der Hand zu haben. Er würde da rausgehen und alle einzeln erledigen. Langsam robbte er in Richtung Haustür, aber dann hatte er genug von dem ganzen Dreck. Es war schließlich so gut wie dunkel. Er stand auf und ging die letzten Meter aufrecht. Als er die Tür hinter sich schloss, schlug direkt neben ihm eine Kugel in das weiche Holz des Rahmens ein. Den Schuss selbst hatte er nicht gehört.

Der Farmer hielt die Türklinke von innen in beiden Händen und wunderte sich. Seit der erste Schuss gefallen war, hatte er kein einziges Mal an seine Frau gedacht.

24. AUGUST. 17.58H

Thabo Buti hielt Rosie Muller davon ab, zur Haustür rauszuschauen. Hinter ihnen sammelten sich die Leute, die gerade reingekommen waren und die, die die Schießerei von drinnen beobachtet hatten. Der Boss kam als letzter ins Haus und lehnte sich mit seinem blutigen Hemd von innen an die Tür. Thabo zog ihn weg. „Man weiß ja nicht, womit die noch schießen! Die hält nicht alles auf." Er klopfte mit dem Knöchel des Zeigefingers auf das Holz. Dann legte er den ersten der Riegel vor.

„Das bringt doch alles nichts! Mit dem Riegel! Wenn die wollen, kommen die doch da durch!" Mrs. Muller drückte Trixie und Thabo weg, um sich einen Weg zu ihrem Mann zu bahnen. „Ein Glück, dass nichts passiert ist", sagte sie und versuchte, Franz Muller zu umarmen. Doch der streifte die Umarmung ab.

Der zweite Riegel klemmte. Thabo musste die Faust einsetzen, um das Scharnier zum Einrasten zu bringen. Die beiden anderen Riegel waren so tief angebracht, dass er sein steifes Bein zur Seite ausstrecken musste, um sich zu ihnen hinunter zu bücken. Als das Werk vollbracht war, zog er sich an der Türklinke hoch und starrte in die geräumige Halle, die im Halbdunkel lag. Die ganze Gruppe stand da, die Blicke auf ihn und die Mullers gerichtet.

„Klar ist was passiert", sagte der Farmer. „Prins hat es erwischt!"

Für die, die draußen gewesen waren, war das keine Überraschung. Mrs. Muller atmete tief ein. „Die Schweine!", sagte Zak. Das jüngere der Mädchen von Trixie fing an zu weinen. Hieß sie Christina? Die ältere tröstete sie. Britney? Er konnte sie nicht mehr voneinander unterscheiden, seit Mullers Tochter ihnen die Haare abgeschnitten hatte.

„Zak, mach das Licht in der Küche aus", Muller zog den Vorhang am kleinen Fenster neben der Tür zur Seite und blickte hinaus. „Was ist mit dem Telefon?"

„Tot", sagte Zak.

Muller nickte. „Und mobil?"

Thabo sah auf sein Display. Kein Empfang. Er sah den korrupten Bullen, Trixie und Zak, die das Gleiche taten. Manchmal war man hier erreichbar. Meistens nicht. Hinter ihnen standen Cesar, Sipho und Jo-Jo, die mit wer weiß was beschäftigt gewesen waren, die einfältige Betsie in ihrem Kittel, den sie nur „meine Uniform“ nannte, der junge Handwerker, der wegen dem Zaun hier war, neben ihr. Den Typ daneben in schwarzen Jeans und schwarzem Hemd mit einem Namensschild auf der Brust hatte Thabo noch nie gesehen. Mrs. McKenzie, die Freundin von Mrs. Muller, stand ganz hinten an eine Wand gelehnt.

„Geh durchs Haus“, sagte Muller zu Thabo. „Guck, ob sich irgendwo jemand versteckt hält. Sieh in jedem Zimmer nach! Aber mach kein Licht! Ist das Tor zu?“

Thabo nickte. Kurz nachdem die ersten Schüsse gefallen waren, hatte sich das Tor automatisch geschlossen. Er ging die Treppe zum Obergeschoss hinauf. Zaks Zimmer lag direkt an der Treppe. Die Tür stand offen. Das ungemachte Bett, die verstreuten Klamotten, hier würde sich niemand verstecken. Wer sollte auch hier oben hinkommen? Die Gefahr kam ja offensichtlich von außen. Wer immer da hinter einem Busch oder einem Baum stand und auf sie schoss, hatte sicher nichts mit den Leuten im Haus zu tun.

Er öffnete die Tür zu Trixies Zimmer, das Anklopfen konnte er sich sparen. Alle standen unten in der Halle. Aufgeräumt und alles auf Kante gelegt. Thabo nahm einen roten Spitzenslip von einem Stapel frisch gebügelter Wäsche und roch daran. Waschmittelfrisch. Er musste lachen. Vor zwanzig Jahren wäre er dafür ausgepeitscht worden. Von Muller persönlich. Im kleinen Gästezimmer herrschte Kinderdurcheinander. Das große Gästezimmer war verschlossen und beide Badezimmer waren leer. Ganz vorsichtig öffnete er die Tür zum Schlafzimmer der Mullers. Hier war er in all den Jahren noch nie drin gewesen. Betsie hatte ganze Arbeit geleistet. Jedes Kissen und jedes Zierdeckchen an seinem Platz. Thabo wusste, dass hier irgendwo Mullers Safe verborgen war. Das mittlere Gästezimmer sah aus wie aus dem Werbeprospekt des Hotels in East London, den er einmal gesehen hatte. Blieb nur noch ein letzter Raum. Mrs. Mullers Betzimmer. Thabo glaubte an Gott, und auch an Jesus Christus natürlich, und daran, dass er den Menschen ein besseres Leben zugedacht hatte. Aber was Mrs. Muller hier tagtäglich aufführte, war einfach zu viel. Ein lebensgroßer Jesus am Kreuz an der Wand, die Bank davor zum Knien. Und jede Menge Bildchen an den Wänden von Leuten, die er nicht kannte und die so aussahen, als seien sie schon lange tot. Heilige bestimmt. Kein Afrikaner dabei. Nicht ein einziger.

Unten schoben Zak und Gcilitshana den großen Schrank vor das Fenster im Wohnzimmer. Thabos Augen hatten sich an die Dunkelheit gewöhnt.

„Setzt euch dahin!“ sagte Trixie und zeigte den Mädchen eine Ecke im hintersten Winkel des Wohnzimmers. Mrs. Muller und Mrs. McKenzie saßen auf dem großen Sofa. Die drei Arbeiter standen herum, als würden sie gleich abgeholt. Trixie hockte sich vor ihre Kinder. Der Handwerker und der Typ in Schwarz unterhielten sich im Übergang von Halle und Wohnzimmer.

„Okay. Alle hierhin!“ Muller war der Boss und stellte sich hinter seine Frau, die Hände auf der Lehne des Sofas. Alle bewegten sich zögernd in die Mitte des riesigen Raumes.

Zak rückte den Schrank noch den letzten Zentimeter zum Fenster hin, das jetzt fast vollständig verdeckt war. Es gab noch andere kleinere Fenster und das zweite große mit der Tür zur Terrasse, aber der Schrank schützte sie in die Richtung, aus der die Schüsse gekommen zu sein schienen. Zak wischte sich die Hände an den Shorts ab und blickte in die Runde. „Ich habe gewusst, dass es uns irgendwann erwischen wird. So abgelegen wie wir hier sind. Jetzt sind eben wir dran. Alles nur eine Frage der Zeit. Farmer schützt niemand. Wir sorgen ja nur dafür, dass die Leute was zu essen haben.“

„Ruhig, Mr. Muller.“ Gcilitshana. „Ich bin ja auch noch hier.“

„Sie sind wie alle anderen gerannt." Trixie. „Und Zak hat doch recht. Tausende Farmer sind schon ermordet worden."

„Gott stehe uns bei." Mrs. Muller.

„Könnt ihr mal das Maul halten?" Muller. „Alfred. Haben Sie eine Erklärung?"

Thabo setzte sich auf einen freien Sessel. Gcilitshana suchte nach Worten. Das kleine Mädchen fing wieder an zu weinen. Der Polizist atmete tief ein: „Also … wir wissen ja nicht, was hier passiert ist …

Trixie war aufgesprungen: „Sie haben doch so ein Funkgerät. Wo ist das denn?"

Gcilitshana schaute sie genervt an. „Im Auto. Und wenn die Mobiltelefone nicht funktionieren, dann kann man sich darauf auch nicht verlassen. Also … gab es zuletzt irgendeinen Konflikt hier? Einen Streit?"

„Sie sind doch krank!" Zak sprang auf den Polizisten zu. „Das hat doch damit nichts zu tun."

„Zak!" Mullers schneidende Stimme stellte den Jungen sofort ruhig. „Machen Sie weiter, Alfred!"

Cesar, einer der drei Arbeiter, schaute Thabo an. Sein Blick war voller Sorge. Thabo hob beschwichtigend die Hände. Bald.

Gcilitshana stotterte herum, bevor er weiterredete. „Sehen Sie, wir können ja erst wissen, was wirklich passiert ist, wenn wir diese Burschen fassen. Vielleicht sind sie längst in Mdantsane in irgendeiner Taverne und lassen sich volllaufen. Wie lange ist es her, dass der letzte Schuss gefallen ist?"

„Genau!" Mrs. Muller. „Sie sind längst wieder weg."

In die letzte Silbe hinein platzte Glas. Die Kugel bahnte sich ihren Weg genau durch den schmalen Raum zwischen dem Schrank und dem Fensterrahmen. Sie zerfetzte die Armlehne des Sessels, auf dem Thabo saß, und blieb im Holz stecken. Er spürte ein Beben im Sessel. Alle sprangen auf oder hektisch zur Seite. Trixie warf sich schreiend über ihre Kinder. Thabo blieb einfach sitzen. Was sollte er auch tun?

„Wir müssen uns bewaffnen", sagte eine Frauenstimme. Thabo musste ein paar Sekunden überlegen, bis er darauf kam, dass der Satz von Mrs. McKenzie kam. Mrs. Mullers religiöser Freundin.

24. AUGUST, 18:33H

„Franz", sagte Mrs. Muller. Sie war außer Atem. „Hast du gehört, was Jayne vorgeschlagen hat?"

„Ich bin ja nicht taub!"

„Und?"

„Ich gebe Waffen nur an Leute aus, denen ich vertraue."

Thabo wusste, was das hieß. Nur an Weiße. Und ihn vielleicht. Und den korrupten Polizisten.

Gcilitshana grunzte.

„Ganz genau!" sagte Zak.

„Außerdem habe ich gar nicht so viele."

Das war Unsinn. Muller hatte ein Arsenal, so groß, dass man damit Mosambik hätte überfallen und besetzen können.

Eine Salve zerfetzte das Fenster, vor dem der Schrank stand. Die Kugeln knallten dumpf ins Holz. Trixie schrie.

„So eine Scheiße! Ist jemand getroffen?" brüllte Muller. Als niemand antwortete, brüllte er weiter. „Du da! Wer bist du? Was hast du hier zu suchen?"

„Ich bin von Quick Trans. Hab nur ein Paket gebracht." Das musste der in Schwarz sein.

„Das geht in Ordnung, Dad.“ Zak. „Für mich. Das war für mich. Meine Festplatten.“

Ein weiteres Fenster zerbarst. Ganz nah. Thabo sprang auf. Jetzt wurde schon von zwei Seiten geschossen.

Schreie. Mehr Schüsse. Glassplitter. Thabo trat jemandem auf die Füße, bevor er einen Platz an der Wand neben dem Fenster fand, durch das die Kugeln gerade eingeschlagen waren. Jemand stöhnte.

„Ich bin verletzt!“, sagte eine Stimme. Das war die von eben. Das war der Bote.

„Sie kommen!“ Der Polizist. „Wir müssen uns verteidigen! Wir brauchen die Waffen, Muller!“

„Franz! Die Waffen!“ Mrs. McKenzie. „Wir müssen uns verteidigen!“

„Ja, Franz!“ Mrs. Muller.

Beide Mädchen weinten jetzt. „Miss Trixie“, sagte Thabo. „Sie müssen die Kinder hochbringen. Da sind sie sicherer!“

„Kommen Sie, Muller, beeilen Sie sich!“ sagte Gcilitshana. „Wo sind Sie, Muller?“

Schritte auf Glassplittern. „Ich bin gleich zurück. Zak. Komm mit!“

24. AUGUST, 18.41H

Gcilitshana schaute Thabo über die Schulter, als er versuchte, Trixie zu beruhigen. Der Foreman der Farm stand im Türrahmen und redete auf die junge Frau ein. „Legen Sie sich zu den Kindern,

Miss Trixie. Wichtig ist, dass es ihnen besser geht. Wir kümmern uns schon um den Rest!“ Dann machte er die Tür zu.

„Empfang immer so schlecht hier?“

Thabo nickte. „Meistens!“

Zwei Schüsse. Keine Einschläge. Sie schauten sich kurz an und setzten sich auf die oberste Stufe der Treppe. Gcilitshana musterte Thabo. Er war relativ gut gekleidet, hatte Geschick bewiesen mit der jungen Frau, redete nur, wenn er etwas zu sagen hatte. Sein Hemd hatte schon bessere Tage gesehen, aber es war am Morgen sauber und gebügelt aus dem Schrank geholt worden. Der Polizist tippte auf eine lange Ehe und einige Jahrzehnte auf der Farm von Muller.

„Hat's hier vorher schon mal Ärger gegeben?“ Gcilitshana wusste, dass sich seine Frage dumm anhörte, aber er wollte Thabo zum Reden bringen.

„Nie!“

„Nicht mal ein Einbruch?“

„Nicht, seit ich hier bin.“

Gcilitshana wartete.

„Das ist über 30 Jahre her.“

„Aber wer kann das sein da draußen?“

„Hier hat es nicht viele Überfälle auf Farmen gegeben.“

Gcilitshana nickte, aber er wusste es besser. Der Pressesprecher der Polizei in der Buffalo City Metropolitan Municipality hatte den Auftrag, die aktuellen Zahlen in bestehende Statistiken einzuarbeiten. Einbruch. Sachbeschädigung. Körperverletzung. Raub. Mord. Nur wenn es sich absolut nicht mehr verheimlichen ließ, gab er den Medien gegenüber zu, dass eine Farm überfallen worden war. Bei einem Mord gab es natürlich wenig zu vertuschen. „Aber wer kann das sein?“, fragte er.

„Ich frage mich, warum sie so lange Pausen machen. Sie hätten doch einfach alles zusammenschießen können.“

„Vielleicht auch nicht. Vielleicht sind sie keine guten Schützen.“

„Aber warum warten sie jetzt schon wieder so lange?“

„Irgendetwas ist ihnen dazwischen gekommen.“

„Was?“

„Zu viele Leute auf der Farm. Wie viel Geld liegt hier normalerweise rum?“

„Viel. Mehrere Tausend immer.“

„Dafür zettelt aber niemand so einen Überfall an.“

„Wie viele sind denn da draußen?“

„Ich weiß nicht. Vielleicht mehr, als wir ahnen.“

„Was wollen die?“

„Ich weiß es nicht. Mehr als die paar tausend Rand. Wer war der dicke Weiße, der draußen gestorben ist?“

„Prins. Vertreter. Verkauft Saatgut. Kommt zweimal im Jahr vorbei. Der Boss serviert ihm guten Wein und Zigarren.“

„Warum muss man Saatgut kaufen?“

„Keine Ahnung. Geht hier schon lange so. Der Boss schwört drauf.“

„Wer ist sonst noch hier? Außer der Familie.“

„Der Bote. Der verletzt ist.“

Schüsse. Zerbrochenes Glas. Keine Schreie.

„Wer noch?“

„Sie!“

„Hm! Und sonst?“

„Der Handwerker für den Zaun.“

„Was ist mit dem Zaun?“

„War ein Loch drin am Morgen. Und drei meiner Arbeiter. Und Mrs. McKenzie.“

„Was macht sie?“

„Sie betet mit Mrs. Muller."
„Dafür kommt sie extra hier raus?"
„Aus Gonubie."
„Das sind 60 Kilometer!"
„Trixie und die Kinder sind auch nicht immer hier."
„Hmhm. Irgendwas stimmt hier nicht. Warum warten die nicht, bis der Bote und der Vertreter wieder weg sind? Und der Handwerker."
„Prins wäre erst spät wieder gefahren."
„Der Wein?"
„Und die Zigarren."
„Wen haben die eigentlich draußen gesehen?"
Thabo überlegte ein paar Sekunden. „Uns beide. Boss Muller. Miss Trixie. Die Arbeiter. Den jungen Handwerker. Und Prins, den Vertreter."
„Hmhm. Also haben sie Zak nicht gesehen. Und den Boten. Und Mrs. Muller. Und diese, äh, McKenzie."
„Und Betsie. Und die Kinder. Und …"
„Ja?"
„… Vuyo war auch noch hier. Betsies Sohn. Aber gerade habe ich ihn nicht gesehen."
Am Fuß der Treppe waren Muller und sein Sohn zu hören. Trotz der Dunkelheit meinte Gcilitshana zu sehen, dass sie die Arme voller Waffen hatten.
„Wo sind die Waffen?", fragte Gcilitshana.
„In einer Bodenluke im Büro."
„Gesichert?"
„Gesichert."
„Viele?"
„Sehr viele!"

Gcilitshana dachte an den alten Roelf Botha. Ein Jahr oder weniger vor der Pension. So krank, dass er nicht mehr unbedingt arbeiten musste. Aber er wollte. Deshalb hielt er den Kontakt zu den konservativen weißen Farmern. Wie Muller. Aber heute musste er schon wieder in die Onkologie. Nur deswegen bin ich hier, dachte Gcilitshana, wegen dem Krebs. Sonst würde ich bei KFC sitzen und es mir gut gehen lassen. „Okay", sagte er und stand auf. „Die junge Frau und die Kinder sind hier oben. Wer im Haus kann uns jetzt helfen?"

Thabo erhob sich auch. „Muller und Zak. Meine Arbeiter. Sie. Und ich. Alle Männer eigentlich. Nur der Bote ist verletzt."

„Hm. Wir sollten runtergehen. Wir müssen darüber reden, wie wir das hier überleben."

24. AUGUST, 18.41H

Von hier hatte man immer noch einen guten Blick. Obwohl es schon recht dunkel war. Aber von da, wo die Sonne eben untergegangen war, kam immer noch ein dünner Streifen Licht. Und der Mond stand schon hoch.

Von so vielen Leuten war nicht die Rede gewesen. Als er den Dicken erschossen hatte, hätte auch alles ganz schnell gehen können. Schnell gehen sollen. Die schießen zurück, aber wir machen sie kalt. Und nach ein paar Minuten ist alles vorbei.

Stattdessen haben sie sich jetzt in dem Haus verschanzt. Nützen wird ihnen das nichts. Am Ende sind sie nämlich tot. Alle.

Sorgen machte er sich jetzt aber auch um das Leben seiner Leute. Oder besser: um sein eigenes. Die Rechnung war ja gewesen, hingehen, schießen, abräumen und wieder weg.

Gut möglich, dass es jetzt auf beiden Seiten Opfer geben würde. Er musste aufpassen, dass er nicht darunter war.

24. AUGUST, 18.41H

„Legen Sie sich zu den Kindern, Miss Trixie. Wichtig ist, dass es ihnen besser geht. Wir kümmern uns schon um den Rest!" Thabo machte die Tür zu.

Christina schlief schon. Britney war nicht mehr weit davon entfernt. Und Trixie standen Tränen in den Augen. Seit sie die Köpfe ihrer Mädchen rasiert hatte wegen der Läuse, die sie sich in der Creche geholt hatten, sahen sie aus wie … wie nannten sie das in den USA? White trash? Wie arme Weiße jedenfalls. Wie Kinder aus dem Trailer Park. Dabei arbeitete sie bei einem Juwelier.

Trixie dachte an ihren letzten Besuch auf der Farm. Wie sie in King William's Town, diesem heruntergekommenen Kaff, an der Ampel gestanden hatte. Da war kein böser Gedanke in ihrem Kopf gewesen, als sie diesen … diesen Dieb gesehen hatte. Er hatte eine SPAR-Tüte aus dem offenen Heck eines Kombis gestohlen und war damit weggerannt. Den Polizisten, der an der nächsten Ecke gestanden hatte, konnte er nicht sehen. Aber sie hatte ihn gesehen.

Dann ging alles ganz schnell. Sie ruft den Polizisten. Der Polizist brüllt dem Dieb hinterher. Der Dieb beginnt zu laufen. Ein Polizei-Bakkie taucht plötzlich auf. Der Dieb wirft die Tüte weg.

Die Frau, der der Wagen gehört, kommt dazu und fängt an zu schreien. Leute rennen dem Dieb hinterher. Der Dieb läuft, und er läuft schnell. Aber das nützt ihm gar nichts, als er die Straße nach East London überqueren will. Der Truck überfährt ihn einfach. Und dann ist er tot.

Am nächsten Tag stand ihr Name in der Zeitung. Und jetzt kamen sie, um sie zu holen. Alles nur wegen diesem Dieb.

24. AUGUST, 18.45H

Als Franz und Zak mit den Waffen zurückkamen, saß Rosie Muller an die Wand gelehnt, die das Wohnzimmer vom Bad trennte. Man musste durch die Halle gehen, um das Badezimmer zu erreichen, und sie hatte sich den Platz ausgesucht, weil er weit entfernt war von den Stellen, wo die Kugeln eingeschlagen waren.

Rosie Muller fühlte sich nicht sicher, aber in ihren 60 Jahren hatte sie gelernt, dass es sich am Ende immer auszahlt, auf Gott zu vertrauen. Auf Gott und Franz. Sie hatten schon manche Situation überstanden hier. Und Jesus Christus war ihr Zeuge, dass es oft nicht einfach gewesen war. Damals, als ihre Farm noch an der Grenze zum Homeland gelegen hatte. Und als die beiden Soldaten vor ihrem Eingang gestanden hatten. Damals waren die Farmen ja noch nicht so gesichert gewesen wie heute. Soldaten in den Uniformen der Ciskei. Es war mitten in der Nacht gewesen, und sie wollten nicht nach der Uhrzeit fragen. Oder nach dem Weg. Dafür waren sie zu gut bewaffnet gewesen.

Aber sie waren auch betrunken. Und zu laut. Franz hatte sie erschossen. Am nächsten Morgen kamen zwei Polizisten aus

King, zwei weiße Polizisten, und nahmen die Leichen mit. Sie hatten nie wieder von dem Fall gehört.

So einfach waren Probleme nicht mehr zu lösen, seit die Schwarzen die Macht übernommen hatten.

24. AUGUST, 18.45H

Muller hatte Mühe, sich wieder an die Dunkelheit zu gewöhnen, als sie zurück ins Wohnzimmer kamen. Im Büro hatten sie die Fenster abgedunkelt, Feuerzeuge angezündet und dann die Luke im Boden geöffnet, wo die Waffen verborgen waren. Muller hatte ausgesucht, was er für angemessen hielt, und abgezählt. Waffen für ihn und Zak, dazu für Thabo und Gcilitshana. Den Arbeitern traute er nicht. Dem Handwerker auch nicht. Der Bote war verletzt. Auch Gcilitshana traute er nicht, aber er konnte es sich nicht erlauben, den Mann jetzt zu brüskieren. Er würde bald schon wieder befördert werden. Thabo war okay. Er hatte vier Handfeuerwaffen und vier unterschiedliche Gewehre in den Armen.

Als er im Dunkeln wieder sehen konnte, erkannte er, dass Trixie und die Kinder nicht mehr im Wohnzimmer waren. Der Polizist und Thabo waren ebenfalls weg. Jayne kümmerte sich um den Boten, der hinter einer Couch auf dem Boden lag, die drei Arbeiter standen in einer sicheren Ecke zusammen. Gerade kamen Gcilitshana und sein Foreman zurück.

Zak verteilte die Waffen. Sein Sohn Zak. Schon bevor der Überfall begonnen hatte, war er irgendwie seltsam gewesen. Hatte sich häufiger als sonst umgeschaut.

Der Tag hatte eigentlich gut angefangen. Ein Arzt, eine echte Koryphäe, hatte ihm nach vielen Jahren die Sorge genommen, Zak könnte schwul sein. Muller hatte dem Arzt alles erzählt, auch die Tierquälerei, bei der er Zak in seiner Jugend immer wieder erwischt hatte. Aber der Arzt hatte gesagt, dass Schwule keine Tiere quälen. Dafür haben sie nicht die Nerven, hatte er gesagt.

Vielleicht würde Zak ja irgendwann doch noch die Richtige finden. Muller wusste, dass es als junger Farmer nicht einfach war, ein Mädchen zu treffen. Aber andere hatten das auch geschafft.

24. AUGUST, 18.46H

Dem Jungen ging es den Umständen entsprechend gut. Schuss durch die Schulter, Blutung gestoppt. Jayne säuberte die beiden Wunden mit Gin, legte einen Verband an und nahm dann einen Schluck aus der Flasche.

Zak verteilte gerade die Waffen.

„Ich will auch was zum Schießen!" sagte sie so laut, dass es alle hören konnten. „Und sowieso sollten sich alle verteidigen können. Wir alle brauchen Waffen."

„Waffen nur für die, denen ich vertraue!" Franz.

„Vertraust du mir nicht?"

„Ach, du weißt, was ich meine!"

„Ich schieße seit über 40 Jahren auf dem Schießstand. Ich bin mit Arnold jagen gewesen, als er noch gelebt hat. Und ich hab ein Recht auf eine Waffe. Nein, zwei. Gib mir zwei wie den anderen auch."

Franz Muller hustete leise und hielt seinem Sohn die Schlüssel hin. „Zak, du gehst!“

Gott ist groß, dachte Jayne. Aber es gibt Situationen, in denen vertraut man am besten auf sich selbst.

24. AUGUST, 18.47H

Die Schwarzen hielten sich etwas abseits. Zak sah zu ihnen herüber, als er die Waffen verteilte. Klar kriegten sie keine. Man konnte sich ja kaum darauf verlassen, dass sie morgens pünktlich zur Arbeit erschienen. Immer stand er da und musste warten.

Er erinnerte sich an die Kratzer auf den Wangen. „Hab die Büsche an dem Hang entfernt“, hatte er Dad gesagt. „Das wolltest du doch schon lange.“ Dad hatte einige Sekunden lang überlegt und dann genickt. So musste er die Wunden im Gesicht nicht erklären. Die Dornen, alle wussten Bescheid. Die auf der Brust hatte man ja nicht sehen können.

Was konnte das Mädchen schon erzählt haben? So viel war ja nicht passiert. Sie hatte ein geschwollenes Auge davongetragen. Aber er hatte sie nicht wirklich geschlagen. Er hatte nur nicht damit gerechnet, dass sie so wild werden konnte.

Dass ihr Vater jetzt hier im Haus war, machte die Sache nicht einfacher. Er würde sich irgendwann darum kümmern müssen.

24. AUGUST, 18.47H

Betsie hatte sich neben die Tür zum Badezimmer gesetzt. Dort würden so schnell keine Kugeln einschlagen. Vielleicht war ja auch alles schon vorbei. Bestimmt waren sie weitergezogen.

Vuyo machte ihr Sorgen. Ihr Sohn war am Nachmittag noch im Farmhaus gewesen. Und irgendwann nicht mehr.

Die Mullers mochten ihn nicht. Nur weil er einmal im Gefängnis gewesen war. Sie würden ihn verantwortlich machen für alles. Und einer war ja schon tot. Dieser Vertreter. Was für ein arroganter Mensch. Als er das letzte Mal auf der Farm gewesen war, hatte sie einen Teller mit Kuchen fallen lassen. Und er hatte sie ausgelacht.

Jetzt war er tot.

Und Vuyo war weg.

24. AUGUST, 18.47H

Die werden sich gleich wundern im Haus, dachte er.

„Wann?“, kam die Frage von der Seite.

„Warte noch“, sagte er.

Er wollte ihnen noch ein paar Sekunden geben, bis der Sturm anfing. Es wurde immer dunkler, aber wenn man eines noch sah in der anbrechenden Nacht, dann waren es die Fensterscheiben. Keine Nacht war so schwarz.

Dumm, dass sie nicht mehr erschossen hatten gleich am Anfang. Der Dicke war die beste Zielscheibe gewesen, er hätte den Alten auch gleich erledigen müssen. Aber auf Distanz zu schießen war er nicht gewohnt.

So viele Brothers hatte er auch nicht erwartet. Er hatte davon geträumt, ein paar fette Weiße umzulegen. Das hätte auch gepasst zu seinen Informationen.

Nicht, dass er Probleme damit hatte, Schwarze zu töten. Es gab einfach zu wenig Reichtum, um ihn so zu verteilen, dass alle einen guten Wagen hatten und jeden Abend Fleisch und jeden zweiten ein Mädchen. Der alte Hope hatte ihm einmal erklärt, dass es ein kapitalistischer Verdrängungswettbewerb war, in dem sie sich befanden. Verdrängungswettbewerb. Das Wort hatte ihm gefallen.

Und er hatte schon viele verdrängt. Auch Brothers. Und ein paar Sisters waren auch dabei gewesen.

Er legte das Gewehr an, holte Luft und schoss.

24. AUGUST, 18.48H

„Du kannst nichts machen!", sagte Jo-Jo. „Er wirft dich raus. Du weißt, dass es nirgendwo Arbeit gibt."

Sipho nickte nur.

Cesar Mhlaba nickte auch. Aber er dachte, dass man nicht alles ertragen muss. Und ganz besonders nicht, wenn die eigene Tochter vergewaltigt wurde. Wenn er hier lebend rauskam, würde er etwas tun. Er würde Asanda rächen.

Eine Sekunde lang war alles völlig still. Ein Schuss fiel, und alle hörten ihn deutlich. Die Kugel schlug in irgendeiner Hauswand ein. Als sie sich wieder entspannen wollten, begann es. Von drei Seiten wurde gefeuert. Es fing dort an, wo die letzten Schüsse das Fenster zerstört hatten, von dem aus man über das Farmgelände sehen konnte, wenn es hell war. Dann kamen die Schüsse auch durch das Fenster, das dem Schrank gegenüber lag. Und dann wurde der Schrank perforiert.

Während die ersten Schüsse fielen, warfen sich die hin, die standen. Die saßen, schützten ihren Kopf mit den Armen und rutschten von ihren Sesseln. Cesar hatte sich mit einem Hechtsprung zwischen Sofa und Wand gerettet.

Genau dort saß auch Rosie Muller. Eine Kugel hatte ihre Schläfe durchschlagen.

24. AUGUST, 18.48H

Franz Muller hatte sich zum zweiten Mal an diesem Nachmittag zu Boden geworfen. Schüsse zerstörten, was übrig war von den Fenstern und Rahmen. Der Leuchter kriegte eine Salve ab. Muller hörte, wie er mit Krachen und Splittern auf den großen Tisch fiel. Jemand schrie. War das Betsie?

Auch er lag im Hagel von Glas- und Holzsplittern. Er erkannte automatische Waffen und auch Einzelfeuer. Ein kleiner Schrei, Entsetzen. Eine männliche Stimme. Oder eine weibliche? Jemand war getroffen worden. Zaks Stimme war das nicht gewesen, dachte Muller.

Er kroch langsam zum Übergang zwischen Wohnzimmer und Halle. Hier das gleiche Bild. Von zwei Seiten wurde auf die Fenster geschossen. Sie hätten sich im ersten Stock versammeln sollen. Dort waren sie relativ sicher. Trixie fiel ihm ein. Gut, dass sie nicht auch hier unten mit den Kindern herumirrte. Sie waren doch sicher. Oder?

„Hilfe!“, rief jemand aus dem Wohnzimmer. Die automatischen Waffen schwiegen gerade. Aber einzelne Schüsse waren weiterhin zu hören. Eine Kugel schlug ganz in seiner Nähe ein. Er hörte Holz splittern, traute sich aber nicht, aufzusehen. Bestimmt hatte es die alte Standuhr erwischt.

„Hilfe!“ Jetzt erkannte er die Stimme eines der Arbeiter. Wahrscheinlich war er es, der eben getroffen worden war.

„Boss Muller! Boss Muller!“ Es war Cesar. Er erkannte die Stimme jetzt. Sie hatten vor ein paar Tagen seine Tochter zum Arzt gefahren. Sie war überfallen worden. Da hatte er ähnlich panisch geklungen. „Boss Muller? Wo sind Sie?“

Waffenruhe. Eins, zwei, drei. Muller zählte bis zehn. „Was ist denn? Ich bin hier.“

„Kommen Sie! Ihre Frau.“

„Dad!“ Das war Zak.

„Dad! Komm schnell!“

Muller erhob sich, als ein einzelner Schuss zu hören war, aber kein Einschlag. Er ging zurück ins Wohnzimmer, wo Zak über Rosie kniete. Neben seiner Frau, die leblos am Boden lag, sah er einen großen dunklen Fleck.

„Sie lebt nicht mehr!“, sagte Zak. Da war nicht genug Licht, um Zaks Gesicht zu sehen. Aber Muller spürte, dass sein Sohn weinte. Er legte dem Sohn eine Hand auf den Kopf. Dann kniete er sich auch nieder.

Rosie war ganz warm. Er fühlte eine große Wunde an ihrem Kopf. 38 Jahre, dachte er. 38 Jahre hatten sie miteinander geteilt.

Weinen würde er nicht.

24. AUGUST, 18.55H

Das Haus bebte nicht wirklich, aber Trixie fand auch nicht den richtigen Vergleich dafür, was gerade geschah. Sie konnte jeden einzelnen Kugeleinschlag spüren, sie war sensibel.

Die Mädchen waren starr vor Angst, aber sie weinten nicht mehr. Beide hatten kurz geschlafen und waren wieder aufgewacht, als das Schießen begonnen hatte. Sie hatten sich an sie gedrückt, Christina an Bauch und Brüste, Britney um ihren Hals. Beide klammerten so fest, dass Trixie kaum atmen konnte.

Gott sei Dank, dass der Schwarze, der in King gestorben war, wenigstens nicht von ihrer Farm gekommen war. Und auch nicht von einer der Nachbarfarmen. Aber natürlich kannten sich alle. Er hatte irgendwo in der Gegend gearbeitet.

Dad hatte gesagt, dass so etwas passiert. Als sie über ihren Einfall gesprochen hatte, die Familie des Toten zu besuchen, war er durchgedreht.

„Wer stiehlt, muss auch dafür geradestehen!"

„Aber er hat Kinder!", hatte sie gesagt.

„Alle haben Kinder!", hatte Dad geantwortet.

Sie hatte eine Weile überlegt, aber ihr war nichts mehr eingefallen. Und dann war Dad aus dem Haus gegangen. Und sie hatte nichts mehr machen können.

Als sie die Schritte auf der Treppe hörte, wusste sie, dass das Ende nah war. Gordon hatte sie einmal gezwungen, einen Film zu sehen, in dem die Toten wieder lebendig werden. Er hatte die ganze Zeit gelacht. Was für ein schrecklicher Film.

Es dauerte eine Weile, bis Trixie begriff, dass die anderen hochkamen.

Und Gordon war sowieso so ein Arschloch. Sollte er doch zusammen mit dieser Kuh verrecken.

Jemand klopfte an die Tür.

24. AUGUST, 18.54H

Der Boss war ganz still. Und alle anderen auch. Vögel und Grillen waren draußen zu hören.

Kein weiterer Schuss fiel. Thabo Buti drückte sich trotzdem immer noch an eine der Außenwände. Dafür waren sie stark genug. Da kam keine Kugel durch. So sicher war er hier.

Und wo man sich nicht aufhalten sollte, hatten sie ja alle gesehen, gerade. Mrs. Muller hatten sie erwischt.

Er hatte keine Vorstellung, wer sie eigentlich waren. Farmen wurden in Südafrika oft angegriffen, aber nicht so. Und schon gar nicht gegen so viele. Vielleicht ging es gar nicht um Geld, dachte Thabo.

Aber worum dann?

Ihm fiel nur ein anderes Motiv ein. Rache.

Der Boss hatte schmutzige Hände. Keine Frage. Er war froh, dass er nicht alles wusste, was auf der Farm passiert war, seit er hier arbeitete. Und das war fast sein ganzes Leben.

Jetzt begann Muller zu weinen. Der Boss. Weinen. Es war unfassbar.

Vielleicht noch unfassbarer fand Thabo, dass es ihn absolut nicht berührte. Weder der Tod von Mrs. Muller noch der Schmerz vom Boss.

„Wir müssen hier weg!“ Thabo musste sich drehen, um die Stimme zu lokalisieren. Das war der korrupte Polizist. Er stand ebenfalls an eine Außenwand gelehnt.

„Wir müssen in den ersten Stock! Hier sind wir nicht mehr sicher!“, sagte er.

„Auf der Treppe sind wir sicher.“ Das war Mrs. McKenzie. Ihre Stimme war ganz ruhig. „Wir können da aber jetzt nicht als Gruppe einfach so durch die Halle laufen. Und erst ab der dritten oder vierten Stufe können uns die Kugeln nicht mehr erreichen.“

„Okay“, sagte Gcilitshana. „Wie wollen wir es denn machen?“

„Wir kriechen. Nacheinander. Und wer am Fuß der Treppe ist, beeilt sich ein bisschen.“

„Hmhm“, sagte Gcilitshana. „Und wer fängt an?“

„Warum nicht Sie?“

Einige Sekunden herrschte Stille. Der Boss weinte nicht mehr. „Gut, ich mache das“, sagte Gcilitshana. Er legte sich sofort auf den Boden und robbte zur Treppe in der Halle. Dann war er verschwunden.

„Wir treffen uns im Betzimmer“, sagte McKenzie. „Das hat nur ein Fenster. Kann der Verletzte das allein?“

„Ja!“, sagte eine Stimme.

24. AUGUST, 19.03H

Mr. Muller brachte seine Tochter vom Gäste- in das Betzimmer, die Kinder folgten ihnen. Gcilitshana stand mit dem Rücken zur Wand neben dem Fenster.

Er hatte sich den sichersten Platz ausgesucht. Er hatte das Gefühl, das Wort ergreifen zu müssen. Er war ein relativ ranghoher Polizist, erfahren in Krisensituationen und ausgebildet an allen denkbaren Waffen. Aber ihm fiel nichts ein.

Als die Tür geschlossen war, dauerte es eine ganze Minute, bis sich überhaupt jemand räusperte. Er glaubte, Zaks Stimme erkannt zu haben. Der fiel also aus. Muller fiel auch aus. Er hatte ihn mehr gehört als gesehen nach dem Tod seiner Frau. Selbst würde er nicht den Anführer machen. Von den Schwarzen kamen nicht viele in Frage. Der Foreman vielleicht. Und von den Weißen …

blieben nicht viele. Trixie war schwach. Das konnte er sehen. Was war mit dieser McKenzie?

Zak räusperte sich wieder.

„Wir sollten etwas tun!" Das war Thabo.

„Wir sollten rausgehen und sie alle umlegen." Zak.

Niemand kommentierte das. Gcilitshana wertete das als Zustimmung einerseits und Ratlosigkeit andererseits. Alle wollten, dass es geschah, aber niemand wusste, wie man es anstellen sollte.

„Ja! Wir greifen sie an!" Eine Frauenstimme.

Gcilitshana hörte Schlucken und Stöhnen. Das musste die Stimme von McKenzie gewesen sein.

„Aber wie denn?" Eine andere Frauenstimme. Trixie. „Das ist doch Wahnsinn!"

„Wo ist überhaupt Vuyo?" Muller.

„Ich weiß es nicht, Boss", kam umgehend die Antwort. Gcilitshana erinnerte sich an die schwerfällige Frau im Kittel. „Ich hab mich das auch schon die ganze Zeit gefragt. Er war ja am Nachmittag noch da. Er hat sich aber nicht von mir verabschiedet. Das macht er sonst nie. Sie denken doch nicht, dass er da irgendwie mit drinsteckt. Ich mache mir auch solche Sorgen. Aber das würde er doch nicht tun."

„Vergessen wir das", sagte McKenzie. „Ich kenne ihn nicht. Aber er würde ja nicht das Haus zusammenschießen, in dem seine Mutter ist. Was ist das mit dem Zaun, Franz?"

Muller ließ sich Zeit, bevor er antwortete. „Ein Loch. In der Nacht geschnitten. Mit einer kleinen Zange."

„Was fehlt?"

„Nicht viel. Oder vielleicht gar nichts."

„Die Hunde?"

„Nicht gehört!"

„Also haben sie die Einbrecher gekannt."

„Gut möglich!"

„Das hilft uns jetzt auch nicht weiter", sagte McKenzie.

Gcilitshana hatte das Gefühl, dass er sich an der Diskussion beteiligen musste. „Was denken Sie denn, was uns weiterhilft?"

„Anzugreifen", sagte McKenzie.

„Aber es ist dunkel", sagte er.

„Ja, das stimmt. Aber nicht nur für uns."

„Wie viele sind das überhaupt?" Gcilitshana erkannte die Stimme nicht. Einer der Arbeiter vielleicht.

„Zehn", antwortete er. „Ungefähr."

„Das sind keine zehn." McKenzie. „Fünf ganz sicher. Vielleicht sechs. Möglicherweise sieben. Aber nicht mehr. Es sei denn, jemand sitzt da und guckt nur zu. Aber ich glaube nicht, dass viel mehr als sechs Leute da draußen sind und schießen."

„Was macht dich da so sicher?" Zak.

„Wir hatten ja Zeit, hinzuhören. Zwei von Süden, das ist die Richtung, aus der die ersten Schüsse gekommen sind." McKenzie zeigte in die Richtung. „Als Prins gestorben ist. Ich glaube, da waren auch zwei von Westen, die gingen auch aufs Wohnzimmer." Sie machte eine Pause. Dann zeigte sie in eine andere Richtung. „Von Norden kam weniger. Und in der Halle sind auch Schüsse eingeschlagen, die nicht durchs Wohnzimmer gekommen sind." Jetzt zeigte sie durch das Fenster des Zimmers. „Das wären sechs."

Niemand sagte ein Wort.

„Ich kann mich irren."

Murmeln, Zustimmung.

„Was tun wir also?" Muller.

„Wir schießen auf sie."

„Das ist doch Unsinn!" Zak. „Wir nehmen uns die Waffen, gehen da raus und reißen ihnen den Arsch auf."

„Aber Zak!" Trixie.

„Sei still.“ Muller. „Jayne …“ Muller atmete laut hörbar zuerst ein und dann aus. „Wie sollen wir das denn machen?“

„Ganz einfach. An jeder Hausseite ein Fenster. Eines in jede Himmelrichtung. Wir schießen, wenn sich etwas bewegt.“

„Aber darauf warten die doch nur.“

„Unsinn, Franz. Das sind keine Profis. Und wir sind ihnen gegenüber im Vorteil. Wir können uns besser verbergen als sie.“

„Aber wie lange willst du denn warten?“

„Bis ich ein Ziel sehe. Als Arnold noch gelebt hat, hab ich mit ihm ganze Nächte darauf gewartet, dass sich was bewegt. Das waren andere Bedingungen, ich weiß, wir waren auf der Jagd und da waren keine Waffen auf der anderen Seite. Aber was haben wir zu verlieren?“

Gcilitshana war beeindruckt. „Aber warum sind das keine Profis?“

„Ich sage nicht, dass das keine Tsotsis sind. Aber schießen können sie nicht. Sonst wären wir alle längst tot.“

24. AUGUST, 19.39H

Es war ganz anders als früher mit Arnold. Er war einfach ein begeisterter Jäger gewesen und hatte darauf bestanden, dass sie ihn begleitete. Und irgendwie hatte Jayne es auch gespürt, dieses Gefühl. Wenn man eine andere Kreatur erschießt. Ein bisschen war es wie Gott sein, hatte Arnold gesagt. Sie wusste natürlich, dass dieser Gedanke verboten war.

Sie sah erst einmal nichts. Ein ganz anderes Dunkel herrschte da draußen. Es ging ganz leicht bergauf in Richtung Süden, sie hatte nie bemerkt, dass das Farmhaus der Mullers in einer Senke lag. Dabei war sie schon so oft hier gewesen.

Nur langsam konnte sie die Konturen erkennen. Der Zaun um das Farmhaus war recht nah und leicht zu sehen. Die Zacken des Stacheldrahtes reflektierten im schwachen Mondlicht. Jayne dachte an den jungen Handwerker. Er war zur gleichen Zeit angekommen wie sie. Gebracht von einem weißen Boss. Wie er wohl nach Hause hatte kommen wollen?

Franz hatte nicht befriedigend erklärt, was es mit dem Loch im Zaun auf sich hatte. War das ein erster Versuch gewesen? Von was auch immer. Jayne hatte keine Idee, in was sie hier geraten war. Das war jedenfalls kein spontaner Überfall, um schnell an die Kasse des Farmers zu gelangen.

Rund um den Zaun hatte Muller bewusst eine Freifläche geschaffen. „Ich will wissen, was sich in der Umgebung tut", hatte er einmal beim Abendessen gesagt. Er hatte im Radius von 50 Metern rund um den Zaun alles abholzen lassen, außer einer Gruppe von Apfelbäumen. Die Büsche konnte sie langsam voneinander unterscheiden. Sie standen am Rand des Weges, der zu den am nächsten gelegenen Feldern führte. Da war ein sehr großer Busch, der sich leicht im Wind bewegte, daneben standen mehrere kleinere, nicht so, wie man sie pflanzen würde, sondern wie die Natur sie mit Hilfe des Windes geschaffen hatte.

Jayne blickte zum ersten Mal durch das Zielfernrohr. Der große Busch erschien jetzt nah. Der leichte Wind bewegte ihn ein wenig hin und her. Aber irgendetwas bewegte sich nicht mit. Oder irgendwer. Sie war sicher, dass sich jemand dahinter verbarg. Und sie wartete.

„Ich nehme die Seite, von der wir zuerst angegriffen worden sind", hatte sie gesagt. Niemand hatte ihr widersprochen, als sie die Südseite für sich reklamiert hatte. Gcilitshana, Zak und Thabo hatten sich die anderen drei Seiten aufgeteilt. Muller hatte abgewinkt. Sein Sohn hingegen hatte diesen Blick gehabt, der töten wollte. „Schießt erst, wenn ihr euch ganz sicher seid!", hatte Jayne noch gesagt. „Im Moment haben wir den Überraschungseffekt auf unserer Seite. Wenn wir anfangen zu ballern, wird es höchstens ein Gefecht. Und das können wir nur verlieren."

Das Badezimmerfenster nach Süden raus war überraschenderweise nicht zerstört gewesen. Jayne hatte den Griff vorsichtig gedreht und es dann schnell geöffnet. Es war ein kleines Fenster, so wie man es bei einem Stadthaus in ein Badezimmer einbauen würde, damit niemand hineinsehen konnte. Hier war es Unsinn, aber ihr war es gerade recht. Der Fensterrahmen lag so hoch, dass sie in der Badewanne stehen und das Gewehr darauf ablegen konnte. So, wie sie stand, konnte sie noch Stunden stehen, ohne sich verrenken zu müssen.

Es war ganz still jetzt. Irgendwo hörte sie ein Auto fahren. Das musste weit weg sein. Der Wind trug das Geräusch. Nie würde sie hier leben wollen. In einer Gegend, wo die Mobiltelefone nicht zuverlässig funktionierten. Jayne fragte sich, welche Kabel man durchtrennen oder welche Masten man absägen musste, um auch noch das Festnetz lahmzulegen.

24. AUGUST, 19.40H

Die vielen Autos innerhalb des Zauns verwirrten Gcilitshana ein wenig. Hatten sie alle schon dort gestanden, als die ersten Schüsse gefallen waren? Er konnte seinen eigenen Wagen nicht sehen, der stand auf der südlichen Seite. Aber dieser kleine Daimler...

Er konnte sich nicht erinnern, den eben schon gesehen zu haben. Bestimmt gehörte er dieser dünnen Weißen. Außerhalb des Zauns nur der Quick Trans-Wagen.

Den dicken Vertreter konnte er auch sehen. Wenn hier nicht so viel Lärm gemacht würde, dachte der Polizist, dann säßen längst die Vögel auf ihm.

Er hatte den einfachsten Job erhalten. Hier an der Seite, wo das Tor zur Farm war, hatte bis jetzt Ruhe geherrscht. Vielleicht schien diese Seite des Hauses am wenigsten verwundbar. Warum sollten sie ihre Strategie auf einmal ändern? Wer auch immer sie waren.

Was sie hier erlebten, passte in keine Kriminalstatistik. Es konnte denen ja nicht darum gehen, schnell abzugreifen, was bei einem Überfall in ihre Taschen passte. Rein ins Farmhaus, Gewalt, wenn nötig, und ab mit der Beute. Und ihr Ziel war offenbar auch nicht, möglichst viele Leute zu töten. Das hätten sie ja haben können. Wenn sie den Angriff nicht aus so großer Distanz begonnen hätten, wären jetzt alle tot, die eben vor dem Haus gewesen waren. Was also übersah er hier?

Die Straße, die vom Tor in Richtung King führte, verlief schnurgerade. Ihr heller Grund war trotz der Dunkelheit gut zu sehen. Niemand konnte sie überqueren, ohne dass er es bemerkte. Er musste nur aufpassen.

Aus dem Flur war das Husten der Maid zu hören. Wie war noch mal ihr Name?

24. AUGUST, 19.42H

Wenn er doch nur jemanden sehen könnte. Aber es war dunkel.

Für Ma würden sie büßen.

Wenn er irgendjemanden sah, würde Zak schießen. So viel wusste er. Er würde es ihnen besorgen.

Das neue Gewehr, das Dad besorgt hatte. Er konnte es kaum fassen, dass er es ihm überlassen hatte. Man musste nur kurz auf den Abzug drücken, und die Kugeln kamen im Stakkato.

Wenn sich irgendetwas bewegte, dann würde er sofort abdrücken. Ganz klar. Zak war so erregt, dass er den Abzug bediente und einen Feuerstoß in die Nacht entließ.

24. AUGUST, 19.40H

Thabo Buti hatte Angst. Aber es war seine Pflicht, hier zu stehen. Er war älter als die meisten. Sipho, Cesar und Jo-Jo hatten kleine Kinder.

Der Boss würde ihnen sowieso keine Waffe in die Hand geben. Ohnehin war Muller gerade nicht in der Lage, Verantwortung zu übernehmen. Nach dem Tod seiner Frau. Der Boss war nicht mehr der Boss.

Er blickte in die Dunkelheit. Von dort waren die meisten Kugeln gekommen, als das Wohnzimmer verwüstet worden war. Diese McKenzie hatte recht. Sechs, sieben Leute waren das. Was sie nur wollten? Der Boss hatte gerade die Arbeiter bezahlt, so viel Bares würde er im Moment nicht hier haben. Er trug natürlich immer ein paar tausend Rand mit sich herum, ein kleines Vermögen. Und es waren schon Leute für ein paar Hunderter erschlagen worden.

Aber dafür das Farmhaus umstellen? Man konnte manchmal verzweifeln an diesem Land. Zwei Leute stritten sich in einer Shebeen über eine Kleinigkeit, einer zog das Messer und erstach den anderen. Irgendwer wollte das Mobiltelefon eines anderen und schoss ihm dafür ein Loch in den Kopf. Warum also nicht Farmen überfallen für ein paar tausend Rand? So gesehen.

Die Waffen fielen ihm ein. Aber wer wusste davon? Der Boss hatte so viele davon in seinem Versteck. Er selbst hatte sie nur zweimal gesehen in all den Jahren. Waffen gingen gut auf dem Markt. Und dann die Autos. Zusätzlich zu denen der Mullers standen gerade noch ein paar andere auf dem Gelände. Aber wer hatte das am Mittag schon wissen können? Und jetzt waren die meisten kaputt geschossen.

Geld, Waffen und vielleicht die Autos, dachte Thabo. Wenn sich dort draußen irgendetwas bewegte, würde er jedenfalls schießen.

24. AUGUST, 19.42H

Es war überraschend ruhig im Haus. Deshalb musste er an eine Geschichte denken, die ihm jemand erzählt hatte. Es war die Geschichte von einem Tunnel, der vom Farmhaus zur nächsten Straße führte. Keine Ahnung, ob die irgendwie stimmte. Aber gerade jetzt würde das schon passen, so ruhig, wie es war.

Und der Präsident hatte sich einen Bunker bauen lassen unter seinen Häusern. Vielleicht gab es so einen auch hier. Sie konnten das Haus abbrennen, und die Farmer konnten trotzdem überleben. Versorgt mit allem, was sie dort versteckt hatten.

„Was machen wir?“

Kaiser war vor ein paar Minuten wiedergekommen. Er hatte die Runde gemacht. Das war jetzt nötig, wo sie sich auf verschiedene Punkte rund um das Farmhaus verteilen mussten. Seine Stimme war heiser wie immer.

„Wir könnten das Haus einfach stürmen!", sagte Kaiser.

„Nein. Dann knallen sie uns ab. Hier sind wir sicher. Wir warten noch!"

„Aber wie lange denn noch?"

Das war eine gute Frage. Eine sehr gute sogar. Wenn es niemanden im Haus erwischt hatte, dann waren der Farmer und die junge Frau und der Polizist und die vier anderen Schwarzen im Haus. Sieben Leute. Plus die, die sie von draußen nicht gesehen hatten. Und ganz sicher waren da noch welche. Aber vielleicht hatten sie ja schon eine Reihe von ihnen umgelegt. Wenn er das nur wüsste. Wenn sie doch nur mehr sehen konnten.

Hinter dem Haus ertönte ein Feuerstoß.

„Scheiße!", sagte Kaiser.

24. AUGUST, 19.42H

Ganz sicher stand mindestens eine Person hinter dem großen Busch. Aber wenn sie es jetzt einfach versuchte und abdrückte und dann ihr Ziel verfehlte, dann waren die da draußen alarmiert. Besser noch warten.

Im Hintergrund hört sie, wie eines der Mädchen wieder anfing zu weinen. Getrappel auf der Treppe. Sie hatten verabredet, dass die, die nicht bewaffnet waren, im Flur im ersten Stock blieben.

Schüsse. Ein automatisches Gewehr.

Jayne zuckte kurz zusammen und verlor dadurch den Fokus auf den Busch und seine Umgebung. Aber sie widerstand dem Impuls, nachzusehen, was geschehen war. Die Schüsse waren aus dem Haus gekommen.

Dann war es wieder ruhig.

Sie konzentrierte sich und fand den großen Busch wieder.

24. AUGUST, 19.45H

„Warte noch!" Er hielt Kaiser zurück.

„Sag den anderen, dass wir auch auf die Fenster oben schießen. Und sie sollen warten, bis sie meine Schüsse hören. Klar? Ich eröffne wieder!"

Kaiser brummte.

„Und sei vorsichtig, wenn du dich bewegst. Ist ja klar, dass die drinnen auch bewaffnet sind!"

Kaiser lief los.

24. AUGUST, 19.47H

Hinter dem Busch war Bewegung. Dieses Mal ahnte sie es nicht nur, sie konnte es fast sehen. So gut hatte sie sich an die Dunkelheit gewöhnt.

Vielleicht waren sogar zwei hinter dem Busch versteckt. Da tat sich etwas. Die Schüsse mussten sie nervös gemacht haben.

Jetzt kam einer hervor. Er lief in westlicher Richtung. Nicht schnell, aber zügig. Leicht geduckt.

Jayne folgte ihm. Schnell war die Gestalt hinter dem nächsten Busch verschwunden. Sie bewegte die Waffe weiter in die Richtung, in der sie die Figur vermutete.

Und dann kam sie wieder hervor. Jayne spannte ihren Zeigefinger und dachte an Rosie Muller.

Und schoss.

Getroffen, dachte sie. Wie einen Springbok.

24. AUGUST, 19.50H

Zuerst hörte er nur einen Schuss. Cesar Mhlaba sah sich um. Niemand von denen, die mit ihm auf der Treppe saßen, wirkte erschreckt, niemand schrie auf. Dafür war schon zu viel geschehen heute Abend. Dann folgte ein weiterer Schuss. Dann noch einer.

Eine Pause.

Weiter Stille. Immer noch redete kein Mensch. Von Trixie kam ein leises Seufzen, sie saß über ihm und hielt die Mädchen in ihrem Arm.

Und dann setzten alle Pistolen und Gewehre der Welt auf einmal ein. Cesar duckte sich, legte den Kopf auf die Knie.

Oben und unten zersprangen Scheiben im Haus. Ein automatisches Gewehr ratterte. Kugeln in Stein und Holz.

Es waren erst Sekunden vergangen, und schon war das Geräusch von zersplitterndem Glas nicht mehr zu hören. Von allen Seiten prasselten aber weiter die Geschosse ins Haus. Cesar hörte über sich ein dumpfes Tupptupptupp, als Kugeln in eine Wand eindrangen.

„Irrrh!“, sagte jemand. Von unten kam dieser Ton.

Das Geräusch der Schüsse wurde dünner. Gleich welche Waffen diese Leute benutzten, eines mussten alle: Nachladen.

„Sipho ist getroffen!“, hörte er Jo-Jo auf isiXhosa rufen. „Sipho! Sipho!“

Cesar sprang auf, lauschte kurz in die Ferne. Nur noch einzelne Schüsse.

Dann stieg er vorsichtig Stufe um Stufe hinab. Irgendwo unten schlugen immer noch einzeln abgefeuerte Kugeln ein. Er sah Jo-Jos Silhouette über Sipho gebeugt, Boss Muller stand daneben. Er bückte sich, tastete langsam nach Siphos Kopf und fühlte etwas, das flüssig und warm war.

„Er ist tot, Bruder!“, sagte Jo-Jo.

Von oben hörte Cesar die Waffe, die eben schon einmal erklungen war. Rattattattattat. Rattattattattat. Rattattattattat.

Dann folgte ein „Ha!“. Cesar wusste, wer das war.

24. AUGUST, 19.50H

Als der erste Schuss fiel, dachte Thabo Buti an Noluthando, seine Frau. Und an die Familien, mit denen sie auf der anderen Seite des Farmgeländes lebten. Konnten sie dort die Schüsse hören? Und was würden sie dann tun? Die Mobiltelefone funktionierten sicher genauso wenig wie hier. Und andere Telefone gab es dort nicht.

Dann fiel der Schuss. Es war eine Weile still gewesen da draußen, und Thabo fuhr zusammen. Er sammelte sich und versuchte, irgendetwas zu sehen, worauf er schießen konnte, als der zweite Schuss fiel und dann gleich der dritte. Sie kamen nicht von der Seite des Hauses, die er bewachte.

Der Hall des dritten Schusses war noch nicht ganz abgeklungen, als die Hölle losbrach. Thabo ließ sich in das Zimmer zurücksacken und hätte beinahe das Gewehr nach draußen fallen lassen. Er dauerte ein paar Sekunden, bis er die Einschüsse an der Hauswand direkt auf der Außenseite hörte. Mehr fühlte er sie, denn er war genau dort an die Wand gelehnt, wo sie draußen einschlugen. Er sank noch ein wenig tiefer, bis er fast auf dem Boden lag. Im Treppenhaus wurde etwas getroffen, das an der Wand hing, und fiel herab. Er traute sich nicht, nachzuschauen, was es war.

Langsam klang das Geballere ab, die Frequenz ließ nach. Thabo zitterte am ganzen Leib.

Von irgendwo kamen noch ein paar einzelne Schüsse, aber Thabo hatte das Gefühl, dass es vorüber war.

24. AUGUST, 19.56H

Von der anderen Seite hörte Zak noch einzelne Schüsse. Es schien vorbei zu sein. Für dieses Mal. Das Fenster war im Hagel der Kugeln zerstört worden. Er hatte sich unter sein Bett geworfen, als es losgegangen war. Jetzt kroch er wieder zurück und legte das neue Gewehr auf den Rahmen. Er blieb darunter liegen und behielt den Finger am Abzug. Einen Falschen konnte er ja nicht treffen.

Wieder das Rattattattat. Und die vereinzelten Schüsse von der Südseite. Gcilitshana hatte tatsächlich nicht viel abbekommen im Betzimmer. Er hatte den Eindruck, als hätten die wenigen Schüsse auf seiner Seite mehr dem Eingangsbereich gegolten. Aber da waren mindestens zwei Leute auf seiner Seite. Wollten die die Haustür zusammenschießen und dann das Haus stürmen?

Er erhob sich langsam und sah aus dem Fenster. Viel mehr als die obere Kopfhälfte exponierte er dabei nicht.

Nichts. Dunkelheit eben. Und die Straße nach King. Wie sollten sie hier nur jemals entkommen? Hilfe von außen war die einzige Lösung. Vielleicht konnte er ja doch zu seinem Auto gelangen. Er hatte nicht ganz die Wahrheit gesagt eben. Dass eine Funkverbindung doch herzustellen war, lag durchaus im Bereich des Möglichen. Er hatte nur unter allen Umständen nicht hinaus gewollt. Das wäre Selbstmord gewesen.

Es wäre auch jetzt Selbstmord. Und bestimmt war das Auto komplett zusammengeschossen.

Auf dem Weg gab es jetzt Bewegung. Hinter einem Baum sah Gcilitshana eine Gestalt auftauchen. Sie war groß. Er hatte den Eindruck, dass sie zu ihm herüberschaute und dann den Weg überquerte. Da waren ein paar Bäume neben der Straße und daneben noch ein Busch, und dann sah er die Gestalt schon nicht mehr.

Er hätte sein Gewehr im Anschlag haben sollen. Dann hätte er sicher geschossen.

24. AUGUST, 19.58H

Schon fast eine Minute seit dem letzten Schuss. Da draußen stand nur einer, dachte Jayne. Nur noch einer, den anderen hatte sie ja erwischt. Aber er hatte mehrere Waffen. Ein einziger Schuss nur war ins Badezimmer eingeschlagen. Der allerletzte.

Ganz vorsichtig lugte sie durch die Fensteröffnung. Nichts. Sie zog sich wieder zurück.

Wenn tatsächlich alle nachluden, dann wäre vielleicht jetzt eine gute Gelegenheit, ihnen den nächsten Schlag zu versetzen. Jayne holte tief Luft und legte das Gewehr an.

Zuerst sah sie nur Dunkel.

Geduld.

Wie mochte nur die Kommunikation dort draußen laufen? Nicht über Mobilfunk, so viel war klar. Wenn sie hier keinen Empfang hatten, dann hatten die draußen auch keinen.

Langsam konnte sie wieder Konturen erkennen. Dieser große Busch. Sie war sich so sicher, dass sich jemand dahinter verbarg.

Sie bewegte das Gewehr langsam nach rechts. Bis sie auf den Typ stieß, den sie eben erschossen hatte. Hatte sie ihn tatsächlich getötet? Sie war sich recht sicher. Der lag am Boden und würde sich von allein nicht mehr rühren. Sechs von ihnen noch. Oder sieben. Höchstens.

Wieder zurück. Über den großen Busch hinweg und weiter. Da waren Bäume, im Hintergrund der Felsen, der aus einem der Kartoffelfelder ragte, und sonst nichts. Gerade wollte sie sich wieder zu dem großen Busch drehen, da bewegte sich etwas.

Jemand!

Klar, dachte Jayne. Nur so konnten sie sich verständigen. Durch Boten. Wahrscheinlich gab es irgendwo einen Anführer, der die Befehle gab. Sie folgte der Figur. Ein großer Mann, breitschultrig, schwer. Aber er schlüpfte sicher und geschickt von Baum zu

Baum, von Strauch zu Strauch. Anders als der, den sie eben erledigt hatte, rannte er von einem Schatten zum anderen. Jetzt war er schon hinter dem großen Busch angekommen.

Es war jetzt wieder vollkommen ruhig. Jayne legte genau auf die Mitte des Busches an und schoss.

24. AUGUST, 19.57H

Es war ein Geschäft, in das er erheblich investiert hatte. Er schoss noch einmal. Sowieso musste er nachladen.

Alle mussten nachladen. Deshalb hatte das Schießen auch aufgehört.

So eine große Investition hatte er bislang noch nicht getätigt. Aber es ging auch um eine erhebliche Rendite. Er hatte im letzten Jahr begonnen, Wirtschaftsmagazine zu lesen. Und er hatte die Sprache sofort gemocht. Zum ersten Mal hatte er sich verstanden gefühlt. Er war ein Unternehmer. Zu einem guten Geschäft gehörte ein Plan, außerdem eine angemessene Menge Geld, mit der man startete. Zum finanziellen Rahmen gehörte auch das Personal. In einem Spaza Shop brauchte man nicht gleich eine ganze Mannschaft, sondern nur eine einzige Person, die die Waren aus dem vergitterten Fenster verkaufte. Ein Auto wurde von einer einzigen Person gewaschen, und nicht von zweien. Und hier, so hatte er ausgerechnet, war es am besten gewesen, mit sechs angeheuerten Leuten aufzutauchen.

Allerdings hatten die Dinge ganz anders laufen sollen. Und jetzt hatte er sowieso nur noch fünf Leute. Und es wurde immer kälter. Der August war scheißkalt im Eastern Cape.

Auf der Seite ein Geräusch. Der Typ, den Kaiser angeschleppt hatte. Wie war der Name noch mal? Ein Cousin.

„Chief", sagte er. „Sollen wir nicht mal was anderes machen?"

„Und was?"

„Keine Ahnung! Du machst die Pläne!"

Er nickte, obwohl er wusste, dass der andere ihn kaum sehen konnte. Und er hörte den Schuss, als er abgefeuert wurde. Er riss den Cousin zu seiner Seite und zu Boden. Im Busch vor ihnen knackte irgendetwas.

Am Boden angekommen fragte er: „Alles okay?"

„Hmhm." Dann befreite sich der Cousin. „Was sind das eigentlich für Leute da im Haus?", fragte er.

Er dachte kurz nach und hätte gern eine Antwort gegeben. Aber er musste sich eingestehen, dass er keine hatte.

24. AUGUST. 19.59H

Da war noch ein einzelner Schuss. Thabo Buti hatte das Gefühl, dass er nicht von außerhalb, sondern aus dem Haus kam.

Danach Stille. Er lauschte und merkte, dass es so still gar nicht war. Zwei Vögel tschirpten sich an. Ein leichter Wind ging über das Land. Jemand wimmerte. Es war eine Männerstimme. Das kam auch aus dem Haus.

Er erhob sich und streckte sein steifes Bein. Dann öffnete er die Tür zum Treppenhaus und erkannte die Stimme Jo-Jos.

Thabo hatte Schwierigkeiten, seine Augen der Dunkelheit anzupassen. Hier kam kein Mondlicht hin. „Was ist los, Boss?"

„Sipho", hörte er Muller sagen. „Sipho ist tot."

Thabos Magen zog sich zusammen. Sipho war ein Guter. Junge Frau und zwei Kinder. Auch nach einem langen Arbeitstag immer ein Satz auf den Lippen, der einen lachen ließ. Einer, der mit dem Leben zurechtkam.

Zurechtgekommen war. Thabo ging hinunter. „Wir müssen was tun, Boss", sagte er.

„Hmhm."

24. AUGUST, 20.01H

„Wir müssen was tun, Boss." Das war wohl die Stimme von dem Foreman.

„Hmhm." Das war auf jeden Fall Franz, Jayne war sich sicher.

Sie stand an der obersten Stufe der Treppe, spürte, wie die Kinder neben ihr zitterten. Trixie summte kaum merklich eine monotone Melodie, um sie zu beruhigen. Unten weinte ein Mann. Hinter ihr öffnete sich eine Tür und nicht weit entfernt öffnete sich noch eine andere.

„Ich habs ihnen gezeigt!", sagte Zak.

Letztlich hätte sich Rosie weniger um Jesus kümmern sollen und mehr um Zak, dachte Jayne. Jesus war sowieso immer in der Nähe, und Zak hatte irgendwann die Kurve nicht gekriegt.

„Ich hab bestimmt jemanden erwischt!", sagte er jetzt.

„Sie haben einen Kurier!", sagte die andere Stimme auf ihrer Ebene. Der Polizist. „Sie können auch nicht telefonieren. Deshalb muss immer jemand unterwegs sein, um die Angriffe zu koordinieren."

„Ich habe einen ausgeschaltet", sagte Jayne. „Ich bin mir sicher!"

Murmeln auf der Treppe.

„Was können wir denn jetzt tun?" Trixie.

„Ich geh da raus und knöpfe sie mir vor!" Franz.

„Dad, sag so was nicht." Trixie. „Das kannst du doch nicht."

24. AUGUST, 20.03H

Betsie erhob sich von der Treppe. Sie hatte nur ein wenig oberhalb von Sipho gesessen. Es hätte sie genauso gut erwischen können.

Auf sie würde hier niemand hören. Da konnte sie auch Kaffee kochen. Das ging auch ohne Licht, und ein warmes Getränk konnten alle gebrauchen. Es war schließlich Winter, und es wurde immer kälter.

Vuyo war sicher nach Ginsberg gefahren. Nach Hause. Komisch nur, dass er nichts gesagt hatte.

Als sie Wasser in den Kocher füllte, kamen Betsie die Tränen. Würde sie nach Rosies Tod noch gebraucht auf der Farm? Sie stellte den Topf ab, drückte den roten Knopf und wischte sich über das Gesicht.

„Wir überraschen sie!", rief Zak draußen.

„Idiot!", hörte sie Boss Muller sagen. Sie schloss die Küchentür.

Betsie holte ihr Mobiltelefon aus dem Kittel. Kein Balken zu sehen. Sie ging in der riesigen Küche auf und ab. Nichts tat sich. Wenn sie doch nur mit Vuyo sprechen konnte.

Gott, wie sehr sie dieses Kind liebte.

Sicher, der Junge hatte Fehler. Der Überfall auf den Telefonkiosk in Duncan Village war falsch gewesen. Aber Vuyo hatte gesagt, dass nicht er es gewesen war, der geschossen hatte. Immerhin war niemand getötet worden.

Anders als bei dem Einbruch in Gonubie. Aber Vuyo hatte gesagt, dass er nur Wache gestanden hatte. Und es war verabredet gewesen, niemanden zu verletzen. Das hatte aber irgendwie nicht geklappt. Bei dem Prozess war Vuyo dann verurteilt worden. Zwei Jahre. Er war nach etwas mehr als einem Jahr auf Bewährung rausgekommen.

Aber er war ein guter Junge. Betsie goss das heiße Wasser in die Kanne. Langsam, so dass sich das Aroma schnell entfalten konnte. Dann holte sie das große Tablett hervor, stellte Tassen darauf sowie Milch und Zucker.

Draußen hörte sie einen Hund bellen. In der Ferne. Von ihren konnte es keiner sein. Die waren tot.

24. AUGUST, 20.02H

Es dauerte einige Minuten, bis er sich traute, vom Boden aufzustehen. Kaisers Cousin hatte sich neben ihm zusammengerollt. Er stieß ihn in die Seite. „Komm!"

Klar, dass sie gut ausgebildete Leute da drin hatten. Es ging ja auch um etwas. Komisch nur, dass die nicht zu sehen gewesen waren, als sie den Angriff gestartet hatten. Aber sie waren da drin. Scharfschützen. Ex-Militärs. Weiße Männer wahrscheinlich, zwischen 50 und 60. Die schon viele Schwarze getötet hatten. Man konnte nicht vorsichtig genug sein.

Wenn er doch nur diesen Scheißarzt anrufen könnte. Ramesh. Schmierig wie alle Inder.

Auf der anderen Seite hatten alle seine Tipps immer zu guten Ergebnissen geführt. Ein guter Geschäftspartner bisher.

Ramesh hatte auch immer gut verdient an seinen Tipps. „30 Prozent!“, sagte er immer. Und dreißig Prozent war es auch, was er kriegte. Meistens.

Einmal, als er Ramesh weniger gegeben hatte, hatte er nachts wach gelegen und sich gefragt, ob der Inder ihn nur auf die Probe gestellt hatte.

Ramesh! Mit seiner Arztpraxis. Wo kaum jemand hinging.

24. AUGUST, 20.07H

Gcilitshana trug sein Gewehr noch im Arm, als er sich langsam die Treppe hinabtastete. Cesar und Jo-Jo hievten den toten Sipho ins Badezimmer im Erdgeschoss, und Betsie kam gerade mit einem Tablett aus der Küche. Er konnte jetzt sehr gut im Dunkeln sehen. Betsie blieb mitten in der Halle stehen.

„Stell es doch einfach auf den Boden“, sagte er zu ihr. Dabei legte er seine Hand auf Franz Mullers Schulter. Er drückte sie kurz, füllte zwei Tassen mit Kaffee und ging dann ins Wohnzimmer.

Es dauerte bestimmt eine Minute, bis der Farmer erschien. Gcilitshana sah ihn als Silhouette im Übergang zwischen Halle und Wohnzimmer.

„Hier“, sagte er. „In der Ecke!“ Erst da fiel ihm ein, dass er nicht weit entfernt von dem Blutfleck saß, der Rosie Mullers Ende dokumentierte. Der Farmer kam trotzdem auf ihn zu und nahm die warme Tasse an. Er setzte sich neben ihn auf den Boden.

Gcilitsahana hörte Muller schlürfen. Immer wieder setzte er ab und atmete hastig ein und aus.

„Sir", sagte Gcilitshana. „Das mit Ihrer Frau tut mir leid. Was immer hier auch geschieht, ich meine, wenn wir das überleben, werden wir die Verantwortlichen zur Verantwortung ziehen. Das verspreche ich Ihnen."

Muller trank aus und grunzte. „Jaja." Er stellte die Tasse ab. „Aber was machen wir, damit wir das hier überleben?"

Beide schwiegen. Es wurde dunkler im Zimmer. Eine Wolke war vor den Mond gezogen. Gcilitshana leerte seine Tasse ebenfalls.

In der Halle näherten sich Schritte, aber es kam niemand ins Wohnzimmer hinein.

„Was wollen die eigentlich?", fragte Gcilitshana.

„Ich weiß es nicht!"

„Aber ... da muss doch was sein!"

„Klar ist da was." Mullers Stimme wurde immer leiser. Er war jetzt das Gegenteil vom weißen Farmer, wie er Gcilitshana immer noch begegnete. Alle Rechthaberei, jedes Herrschen und Überlegensein war verschwunden. Muller tat ihm auf einmal wirklich leid. „Klar ist da was", sagte Muller noch einmal. „Sie holen sich einfach, was sie kriegen können."

„Hm ... Aber Sie wollen mir doch nicht sagen, dass das hier der normale Überfall auf eine Farm ist. Und ..." Er wollte die Frage so gar nicht stellen, aber er konnte nicht anders. „Wer sind die denn?"

„Das wissen Sie sehr genau!" Muller wurde nicht lauter, aber schärfer. „Sie wissen doch sehr genau, wie viele Farmer in den letzten Jahren ermordet worden sind."

„Im ganzen Land", setzte er noch hinterher.

Gcilitshana sah einen Schatten in der Halle und dachte, dass er dort vielleicht gebraucht würde. Aber er konnte jetzt nicht hier weg.

„Wenn sie den letzten Farmer ermordet haben, werden sie sehen, dass man Geld nicht essen kann. Aber so lange die Polizei die Statistiken über Farmmorde fälscht…"

„Wir fälschen sie nicht. Wir geben sie nur nicht mehr heraus!"

„Aber das ist doch dasselbe!" Lauter jetzt.

Der Schatten kam nun ins Wohnzimmer. „Das bringt jetzt nichts! Wenn wir hier lebend davonkommen wollen, müssen wir etwas tun."

„Jayne", sagte Muller. „Ich kapiere nicht, was du willst! Sollen wir da raus?"

„Ja. Wir haben gar keine andere Wahl!"

Gcilitshana hätte gern Mullers Gesichtsausdruck gesehen. Aber dafür war es zu dunkel. Er sagte stattdessen: „Sie hat recht. Theoretisch müssen wir da raus."

„Ja, klar", sagte Muller. „Theoretisch! Aber wie soll das gehen? Die liegen doch da auf der Lauer und warten nur darauf. Ihre Leute!"

„Red keinen Unsinn, Franz!"

„Aber das sind doch Schwarze da draußen!"

„Klar sind es Schwarze", sagte Jayne. „Sie sind mehr als wir und haben weniger Geld. Darüber müssen wir uns nicht streiten. Und jetzt reißen wir uns zusammen und denken darüber nach, was wir tun können, damit wir am Leben bleiben."

Das machte sie nicht schlecht, dachte Gcilitshana. Sie war kein bisschen hysterisch. Wartete ab, bis sich eine Gelegenheit bot. Wie jetzt. „Was meinen Sie denn, Mrs. McKenzie?", fragte er. „Wie können wir überhaupt raus?"

Dann machte er eine Pause. „Das wollen Sie doch. Oder? Dass wir rausgehen."

„Unsinn!" Muller.

„Ja. Wir müssen."

„Wie?"

„Wir gehen durchs Badezimmerfenster!"

„Wo die Leichen liegen?"

„Hmhm!"

„Warum?

„Weil an der Seite der Efeu wächst. Die Wand ist dort dunkel. Da können sie uns nicht sofort sehen. Wir müssen rausklettern und uns den Boden entlang bewegen. Und es gibt eine Stelle am Zaun, die ist nicht komplett gerodet. Da stehen die Apfelbäume. Da müssen wir hin."

„Und dann?"

„Wir müssen raus. Runter vom Gelände. Wir schneiden ein Loch in den Zaun, und dann jagen wir sie."

So eine Frau hatte Gcilitshana noch nicht gesehen. Viele der Neulinge bei der Polizei waren ja junge Mädchen, aber die waren nicht so.

„Was meinen sie mit jagen?", fragte er.

„Was wohl?", fragte sie zurück.

24. AUGUST, 20.07H

Thabo hielt Jo-Jo im Arm. Der Junge war nicht mehr bei sich und heulte. Dabei klammerte er wie ein kleines Kind. „Was machen wir denn jetzt?", fragte er. Thabo wusste, dass er eine Antwort haben sollte. Er war der Ältere. Aber er hatte keine.

Der junge Handwerker kümmerte sich um den Boten. Cesar saß neben ihm und stierte in die Dunkelheit. Trixie war mit ihren Kindern oben auf der Treppe. Sie hatte das als den sichersten Platz ausgemacht, wo es am unwahrscheinlichsten war, dass Kugeln einschlugen. Zak tigerte im ersten Stock umher, jedenfalls meinte Thabo, das zu hören. Betsie war wieder in der Küche verschwunden. Vielleicht fühlte sie sich dort am wohlsten. Wenn das Schießen wieder anfing, musste sie sich entweder dort verstecken oder den gefährlichen Weg durch die Halle suchen, wo die Scheiben schon alle zerschossen waren.

Mrs. Muller und Sipho lagen im Badezimmer. Sie in der Badewanne, er daneben. Selbst im Tod hatte sie es noch besser. Wenn sie hier lebend raus kamen, würde er zu Siphos Familie gehen müssen, dachte Thabo. Er konnte versuchen, Jo-Jo damit zu trösten. Er konnte es genauso gut aber auch sein lassen.

Der Boss kam jetzt mit Mrs. McKenzie und dem Polizisten aus dem Wohnzimmer. Irgendwie sah der Boss nicht aus, als habe er dort Entscheidungen getroffen. Er ging zwar vor den beiden anderen, aber die Frau und Gcilitshana unterhielten sich, als würden sie zu Ende diskutieren, was sie gerade ohne Muller beschlossen hatten. Doch Thabo sah, wie sich der Boss streckte. Er versuchte zu sehen, wer alles auf der Treppe saß. „Zak", rief er. „Wo bist du? Komm runter, wir müssen reden." Dann schaute er in seine Richtung: „Thabo, wo ist Betsie?"

Die Maid kam mit einem weiteren Tablett aus der Küche. Sandwiches und Kuchen. Niemand hatte zu Abend gegessen. Alle bedienten sich. Der Handwerker nahm zwei Sandwiches und gab dem Boten eins.

Mit vollem Mund räusperte sich der Polizist. Cesar, der immer alles wusste, hatte gehört, Gcilitshana lasse sich bezahlen. Von jedem. Mit einigen Viehdieben solle er Pläne ausgeheckt haben, wie man am einfachsten Tiere stehlen konnte. Von Farmen, die er schützen sollte. Letzte Woche, als Thabo nicht in der Lage gewesen war einzuschlafen, da hatte er Cesar getroffen, dem es ähnlich gegangen war. Sie hatten dann vor Cesars kleinem Haus gesessen und geredet. Und Cesar hatte gesagt, dass er gehört hatte, wie Gcilitshana zwei Leute, mit denen er sich nicht einigen konnte, erschossen hatte. Wegen ein paar hundert Rand. Thabo erinnerte sich daran, dass er etwas im Radio gehört hatte. Über Leute, die tot an der Straße gefunden worden waren. Die Polizei hatte gesagt, dass sie nach einem Motiv suchte für die Morde. Und nach dem Mörder natürlich.

„Wir ...", sagte der Polizist jetzt. „Wir haben beschlossen, dass wir etwas tun müssen."

„Genau", rief Zak.

„Sei still!", sagte der Boss.

Gcilitshana redete weiter. „Wir können hier warten, bis wieder etwas passiert oder bis sie kommen, um uns alle einzeln zu erledigen. Oder wir gehen raus." Dann war seine Rede offenbar zu Ende. Er schaute zum Boss, der schaute auf Mrs. McKenzie.

Und die erklärte dann, wie es laufen sollte. Thabo hatte die Frau noch nie so erlebt.

Auf der einen Seite brauchten sie eine neue Strategie. Und auf der anderen musste er mehr herauskriegen über die Leute im Farmhaus. Aber weiß der Teufel, wie lange er gehen musste, bis er wieder Empfang hatte. Er konnte sich in den Wagen setzen, den sie hinter dieser Hecke versteckt hatten. Ein paar Kilometer fahren. Aber auf dem Weg dahin konnte er sich leicht ein paar Kugeln einfangen.

Er musste mit diesem Doktor sprechen.

„Pass auf", sagte er zu dem Cousin von Kaiser, der auf dem Boden neben ihm hockte. Ihm fiel plötzlich wieder ein, dass der noch nicht von Kaisers Tod wusste. Egal. „Du musst jetzt eine Runde machen. Du gehst den Weg, den du gekommen bist. Du sagst allen, dass wir noch warten. Aber wenn jemand das Haus verlässt, dann soll geschossen werden. Verstanden?"

„Klar", sagte der Cousin.

„Und komm denselben Weg wieder zurück. Du gehst also fast ums ganze Farmhaus, kommst dann aber wieder so zurück." Er zeigte ihm mit dem Arm, was er meinte.

Der Cousin schaute sich das an und nickte.

„Ich glaube, dort drüben ist es zu gefährlich." Er zeigte in die Richtung, in die Kaiser verschwunden war. „Jetzt geh. Und sag ihnen, dass wir wieder schießen, wenn ich das Zeichen dazu gebe."

Wenn der Cousin wieder zurück war, musste er versuchen zu telefonieren.

„Du bleibst hier“, sagte Franz. Jayne hatte diesen Ton Zak gegenüber schon oft gehört. Widerspruch war nicht eingeplant.

„Wenn jemand hier bleiben muss… Ich meine… Irgendwer muss Frauen und Kinder beschützen.“ Der Polizist wollte sich tatsächlich drücken, aber das kam gar nicht in Frage, dachte sie. Wenn sie wirklich jemanden umlegten, dann war es gut, den Uniformierten dabei zu haben. Er gab ihnen Legitimität.

„Zak kann gut mit Waffen umgehen“, sagte Franz jetzt. „Ich will, dass er hierbleibt.“ Jayne hatte ihn seit Rosies Tod nicht mehr so entschlossen gesehen.

„Ich kann gehen“, sagte Thabo und hob den Arm.

„Kannst du nicht“, sagte Franz. „Mit deinem Bein.“

„Boss, ich laufe schneller als Sie!“

„Du bleibst hier!“

Jayne widersprach nicht. Mit Franz und dem Polizisten da rauszugehen war die beste Lösung. Thabo würde hier im Haus zur Not mit Zak fertig, wenn der durchdrehte. Jetzt musste sie nur noch eine delikate Sache ansprechen. „Wir müssen alle bewaffnen“, sagte sie.

„Kommt gar nicht in Frage!“ Franz.

„Völlig bescheuert!“ Zak.

„Boss, was ist, wenn Sie nicht wiederkommen?“ Thabo.

„Das hättest du wohl gern! Du bist bewaffnet und Zak auch.“

„Oder ich. Also… Wenn ich hierbleiben würde!“ Der Polizist.

Jayne überließ das Reden gern anderen, ob in der Kirche oder woanders. Und zu Hause war es immer Arnold gewesen, der gesagt hatte, wo es lang geht. Aber hier musste sie jetzt eingreifen. „Seid alle ruhig. Und hört zu.“

Alle waren ruhig. Alle hörten zu. Sie war überrascht.

„Thabo hat recht. Es kann passieren, dass wir nicht wiederkommen. Gott verhindert das hoffentlich. Aber es kann noch andere Situationen geben, in denen alle im Haus bewaffnet sein müssen. Wir werden ein Loch in den Zaun schneiden und dann das Gelände um das Haus herum verlassen. Wenn dann hier irgendetwas passiert, kann es sein, dass wir nicht schnell genug wieder zurück können, um euch zu schützen." Sie machte eine Pause und wünschte sich, die Gesichter der anderen sehen zu können. „Wer kann denn überhaupt schießen?"

Gemurmel. Zustimmung.

„Ich nicht!" Das war Betsies Stimme.

„Franz", sagte Jayne. „Wir können sonst nicht gehen."

„Aber …" Zak fiel keine Begründung ein, weil es keine gab.

„Komm, Franz. Lass sie uns zusammen holen", sagte Jayne

Der Farmer atmete tief ein. Dann sagte er: „Komm mit uns, Zak!"

24. AUGUST, 20.39H

Das war genau die Situation, vor der ihn Pat, sein Ältester, immer gewarnt hatte. „Dad, eines Tages werden sie euch holen. Sie werden vor eurer Tür stehen, und du wirst dich daran erinnern, was ich immer gesagt habe."

Muller zog den abgetretenen Orientteppich in seinem Büro zur Seite.

Man redete nie darüber, wer SIE eigentlich waren. Alle wussten es sowieso. Jetzt waren sie da.

Er stand auf. „Mach du das, Zak!"

Sein Sohn kniete sich hin und löste das in den Boden eingelassene Scharnier. Nichts besonders Sicheres, aber wer wollte schon unter dem Teppich nachsehen? „Dad“, sagte er, während er langsam eine der beiden Türhälften hochzog, „ich glaube, dass das falsch ist, was wir hier machen. Die Arbeiter sollten nicht bewaffnet sein. Die können doch gar nicht mit den Dingern umgehen.“

„Sie sind es gewohnt, ihre Familien zu verteidigen“, sagte Jayne, die sich hinter den Schreibtisch gesetzt hatte. „Mein Gott, bin ich erschöpft!“

Muller sah, wie sie den Kopf in die Hände stützte. Er war erstaunt über ihre Energie. Seit Arnolds Tod hatte er sie kaum noch wahrgenommen. Sie hatte Rosie ab und zu besucht. Mehr nicht.

38 Jahre, dachte er wieder. Und dann kommen ... sie.

„Mach schon, Zak. Sie sollen sich im Haus verteilen und Acht geben. Thabo soll sie anleiten. Das macht er ja sonst auch. Und du, Zak ...“ Muller zog den Teppich wieder vor den Schreibtisch und kam etwas außer Atem. „Pass einfach auf hier!“

24. AUGUST, 20.52H

Sie hatten ihn gezwungen. Dabei war er nur wegen diesem blöden Zufall hier gewesen. Wegen Roelf Botha. Wegen dem Krebs. Aber was sollte er tun? Die Leute erwarteten von ihm, dass er mit rausging. Gcilitshana öffnete die Tür und schaute ins Badezimmer. Er wusste, was er sehen würde, und war froh über die Dunkelheit. Trotzdem drang ein wenig Mondlicht von draußen durchs zerschossene Fenster. Das Dunkle unterhalb von Rosie Mullers Kopf war ihr Blut. Auf dem Weiß der Badewanne war es gut zu sehen. Auch der Arbeiter hatte weitergeblutet, nachdem sie ihn unter dem Waschbecken abgelegt hatten.

„Gehen Sie schon weiter!“, drängte Muller hinter ihm.

„Viel Glück!“, sagte jemand weiter weg. Das musste der Foreman sein.

Gcilitshana langte über die Badewanne hinweg und öffnete den Fensterrahmen. Der Farmer hatte darauf bestanden, dass sie losten, wer als erstes aus dem Fenster kletterte. Er hatte verloren.

„Sie haben gewonnen!“ hatte Muller gesagt. Diese McKenzie hatte ihre Blue Jeans ausgezogen. Darunter hatte sie lange schwarze Leggings getragen. Zusammen mit ihrer schwarzen Bluse war sie in Sekunden perfekt gekleidet gewesen für ihren Ausflug. Muller hatte sich umziehen müssen. Schwarze Jeans und dunkelblaues Hemd.

Und er trug seine blaue Uniform. Er wünschte sich etwas Komfortableres, aber die Uniform hatte vielleicht auch ihr Gutes. Auch die härtesten Tsotsis erschossen nicht gern einen Polizisten. Sie wussten, dass das Konsequenzen hatte. Nicht nur für sie, sondern genauso für andere. Razzien, Straßensperren, Tote auf der anderen Seite.

Er kletterte auf den Rand der Badewanne. Wischte die Scherben beiseite. Als er vorsichtig den Kopf aus dem Fenster hielt, fuhr ihm ein kalter Wind um die Nase. Unten Rasen, ein wenig feucht vielleicht. Er überlegte kurz, ob er sich drehen sollte, um mit den Füßen zuerst am Boden aufzukommen. Aber er sah sich im Fenster hängen mit einer Kugel im Rücken. Kein schöner Gedanke. Also machte er einen Hechtsprung und landete auf allen vieren auf dem Boden. Er machte sich ganz flach und wartete. Sie hatten verabredet, dass die McKenzie bis 50 zählen würde, bevor sie ihm folgte.

Es war klar, dass er nicht raus wollte, der Polizist. Hätte lieber die anderen im Haus beschützt.

Jetzt sprang er hüftsteif wie ein alter Hund aus dem Fenster. Jayne hoffte, dass das Platschen, das er beim Aufprall auf dem Rasen produzierte, nicht auch außerhalb des Zaunes zu hören war. Und dass er sich nichts gebrochen hatte.

Sobald er aufgekommen war, kletterte sie auf die Badewanne und stand mit den Beinen auf den Rändern. Sie hatte Zak das automatische Gewehr aus den Händen nehmen müssen, weil sie es draußen womöglich dringender brauchten als die, die im Haus blieben. Jetzt zählte sie.

Gcilitshana lag jetzt flach auf dem Rasen wie eine Schabe am Küchenboden. Jayne sondierte die Gegend hinter ihm. Erstaunlich, wie schnell man die Augen daran gewöhnen kann, sich auf andere Bedingungen einzustellen. Sie hatte eine klare Sicht durch die Dunkelheit auf alles, was sich jenseits des Zaunes abspielte. Bis auf ein paar Bäume war in einem Radius von 50 Metern alles abrasiert worden. Das war gut, wenn man sehen wollte. Und schlecht, wenn man nicht gesehen werden wollte.

Nur eben diese kleine Gruppe von einem Dutzend Apfelbäumen stand da. Und an der Stelle wollten sie das Loch in den Zaun schneiden. Der worst case war, dass sich die Tsotsis genau dort versteckten. Allerdings schaute man von dort nur auf die Ecke des Farmhauses. Und die Schüsse waren in allen Fällen aus einem anderen Winkel gekommen. Dachte sie jedenfalls. Wenn sie einander dort begegneten, würde es zu einer tödlichen Ballerei kommen.

„Siehst du was?“, fragte Franz leise.

„Nichts!“ Wenn sie da irgendwo waren, dann hatten sie gerade Besseres zu tun, als auf diese Seite des Farmhauses zu achten. Vielleicht besprachen sie sich gerade.

Jayne reichte Franz das Gewehr und stützte sich mit den Händen auf die Fensterbank. Sie drehte sich und ließ sich mit dem Gesicht zum Haus auf den Boden herab.

24. AUGUST, 20.53H

Der Cousin war wiedergekommen.

„Wo ist Kaiser?“, hatte er gefragt. Das Schulterzucken hatte ihm als Antwort erst einmal ausgereicht, aber es würde ihm nicht die ganze Nacht über genug sein.

„Alle entspannen sich“, hatte er dann gesagt. „Aber wenn nötig, sind sie wieder voll da.“

„Okay. Dann bleib jetzt hier. Schieß einfach, wenn dir etwas auffällig vorkommt. Ich will auch eine Runde machen. Bisschen weiter um das Haus herum. Muss nachdenken, wie wir weitermachen können.“

„Klar!“

Damit ging er davon und stapfte quer über das nächste Feld. In dieser Richtung musste die nächste Siedlung liegen. Er kannte sich nicht so gut aus in dieser Gegend, er war mehr ein Stadtmensch, aber er erinnerte sich, dass dort irgendwann ein kleiner Ort zu sehen war. Und wo Menschen wohnten, da gab es auch Empfang.

Jetzt versaute er sich auch noch die Schuhe. Der Staub war noch in Ordnung. Den kriegte man wieder runter. Aber die Erde klebte wie Scheiße am Schuh. Er hatte keine andere Wahl.

Am Nachmittag war alles so klar gewesen.

Er wusste noch immer nicht, was eigentlich schiefgegangen war. Klar, da waren zu viele Leute gewesen. Der Bulle war auch nicht eingeplant. Und dass es Sicherheitspersonal im Haus gab, passte auch nicht.

Immer noch kein Balken auf dem Display.

24. AUGUST, 19.54H

Dan van der West mochte diese Phase des Tages. Er ging gern früh zu Bett.

Meistens lag er noch ein wenig wach und dachte nach. Und irgendwann schlief er ein.

Viel hatte nicht gefehlt auf dem Weg zum Schlaf, als ihn etwas irritierte. Er lebte sein ganzes Leben hier auf der Farm, immerhin schon 49 Jahre. Und er kannte jedes Geräusch und jeden Windhauch, jeden Dreiklang, den Mensch, Tier und Natur herstellen konnten.

Da war etwas anderes.

Er setzte sich auf und lauschte.

Wenn er ehrlich zu sich war, musste er sich eingestehen, dass er gerade Schüsse gehört hatte. Er kannte ihren Klang sehr gut. Er war in der Armee gewesen. Und gern. Es hatte einem guten Zweck gedient. Er hatte gelernt, Waffen zu benutzen. Das konnte man immer brauchen.

Schüsse waren ungewöhnlich. In jedem Fall mitten in der Nacht. Aber wo waren sie gefallen? Er lauschte noch einmal. Da war doch noch einer. Oder?

Van der West stand auf und zog sich an. Hemd, Shorts, Socken und dicke Schuhe. Zu jeder Jahreszeit. Seit seine Frau Marietta ihre Mutter in Port Elizabeth pflegte und mehr unterwegs war als daheim, sah es ja sowieso niemand. Marietta hatte immer gesagt, dass er täglich die Klamotten wechseln sollte. Wann wollte sie noch einmal anrufen heute?

Vor der Tür des Hauses blieb er stehen und lauschte. Nichts.

Der Wind kam von … Nord. Welche Farm lag am nächsten? Mehrere. Und in Richtung Norden? Muller. Dan van der West ging zurück ins Haus, holte sein Jagdgewehr aus dem Waffenschrank und verschloss die Haustür. Dann öffnete er das massive Vorhängeschloss am Tor des Zaunes rund um das Farmhaus und verschloss es wieder. Er überprüfte es noch einmal mit der Hand und machte sich auf den Weg in Richtung Norden.

24. AUGUST, 20.58H

Jayne und Gcilitshana lagen so still auf dem Rasen wie Rosie unter ihm. Franz Muller traute sich nicht, hinunter zu sehen. In die Badewanne, auf deren Rändern er gerade stand.

Er spürte eine Träne, die ihm die Wange herablief. Weinen, dachte er, das habe ich nicht mehr getan, seit ich ein Kind war. Reiß dich zusammen, Franz. Du bist der Herr im Haus. Der Boss.

Niemand bewegte sich draußen. Wenigstens sah er niemanden. Wenn er keinen Ton von sich gab, würde Jayne gleich aufstehen und die Waffen in Empfang nehmen. Da rührte sie sich auch schon.

Er reichte ihr das Gewehr, das eben noch Zak benutzt hatte. Sie hatte darauf bestanden, es mitzunehmen. Gcilitshana hatte seine Dienstwaffe bei sich und sollte noch eine Pistole bekommen. Zuletzt reichte er Jayne die beiden Pistolen, mit denen sie, wie hatte sie gesagt, jagen gehen wollten. Es hörte sich obszön an.

Dann setzte er sich auf den Fensterrahmen und warf doch noch einen letzten Blick auf die tote Rosie. Und ließ sich herab. Er scheuerte sich beide Ellbogen an der Wand auf und riss einen Teil des Efeus herunter.

Hoffentlich sahen sie das nicht.

24. AUGUST, 21.01H

Thabo Buti war jetzt in Zaks Zimmer. Der Boss hatte gewollt, dass er hier Ausschau hielt.

Zak war sauer gewesen. „Das ist mein Zimmer!"

„Spielt gerade keine Rolle", hatte der Boss gesagt. „Überhaupt keine. Du gehst in das Zimmer der Mädchen. Da wirst du uns früh genug schützen müssen."

Gerade sah Thabo, wie sich der Boss auf den Rasen warf. Er hatte sich wieder gefangen, dachte Thabo. Aber es ging ja auch um was. Nicht nur um so viele Leben, auch um seine Stellung, um seine Ehre. Immer um seine Haltung bemüht, Franz Muller. Eigentlich stand ihm diese neue Rolle ganz gut, fand Thabo. Demut nannte der Pastor seiner Kirche das.

Jetzt lagen die drei dort wie Löwen, die sich anpirschten.

24. AUGUST, 21.07H

Er war es nicht gewohnt, zu gehen. Schon gar nicht auf Äckern. Normalerweise fuhr er mit seinem Wagen. Zum Glück war es Winter. Hier wuchs nicht viel. Und zum Glück war es nicht so nass, dass er bei jedem Schritt im Boden versank.

Es reichte aber auch so.

Das hier war die Grenze zwischen der Farm, auf der sie waren, und der nächsten. Er hatte das Terrain ein wenig sondiert zwei Tage zuvor. Hier standen überall Schilder, die den Mais erklärten, der hier bald wieder wachsen würde. Darauf stand, dass der Mais irgendeiner Firma gehörte.

Wie konnte Mais einer Firma gehören? Er gehörte dem Farmer, der ihn anbaute. Das war ja genau das Problem in Südafrika. Dass der Boden den Weißen gehörte. Immer noch. Egal.

Und immer noch kein Balken.

24. AUGUST, 21.14H

Van der West war in großem Bogen um Mullers Farmhaus herumgezogen. Nichts. Alles ruhig.

Dann hatte er sich unter einen Busch gesetzt und gewartet. Augen und Ohren auf Empfang geschaltet. Das Militär war die beste Schule, die man sich denken konnte. Neben Demut lernte man in dieser Schule vor allem eines: Geduld.

Er fühlte die Kälte schon, als er die Gestalt über den Acker stapfen sah. Vor sich hin murmelnd. Nichts Verständliches. Er sprach isiXhosa recht gut, aber das Murmeln war eher gegenstandslos. Eine leise Produktion von Tönen.

Ein junger Schwarzer.
Vielleicht gar nicht mehr so jung.
Er ging über den Acker, als hätte er Angst, sich die Schuhe schmutzig zu machen. Städter.
Irgendetwas hielt er in der Hand. Jetzt guckte er drauf. Es war ein Telefon. Van der West sah das Leuchten des Displays deutlich im Dunkeln. Wieder Murmeln.
Er ließ den Typ ziehen. Hier war es eher flach, und wie dunkel es auch immer war, den würde er nicht verlieren. Außerdem war das sein Terrain.

24. AUGUST, 21.11H

„Sssst!", machte die McKenzie und robbte los in Richtung der Bäume. Gcilitshana folgte ihr und hörte Muller, der ihm hinterher kroch. Sie bewegten sich langsam, keine Geräusche produzieren, keinen Staub aufwirbeln. Hatte sie gesagt.
Am ersten Baum angekommen, stoppte McKenzie und machte mit ihren Händen ein Zeichen, liegenzubleiben. Die Bäume waren nicht sehr massiv. Ein Township-Junge hätte sich hinter einem verstecken können. Ein ANC-Politiker eher nicht.
Gcilitshana dachte an die Situation zurück, in der McKenzie ihre Strategie beschrieben hatte. Langsam zum Zaun, dann das Loch schneiden. Rausgehen, und dann entscheiden, in welche Richtung weiter. Zusammen.
Fünf Bäume auf dieser Seite des Zaunes, vielleicht doppelt so viele auf der anderen Seite. Jetzt erhob sie sich. Muller und er blieben

liegen. McKenzie war nicht dicker als ein Township-Junge. Eine Läuferin, jede Wette.

Sie blieb eine Minute lang an einen Baum gelehnt stehen. Dann stellte sie sich an den Zaun. Er hörte das hohe Klacken, das entsteht, wenn man Draht durchschneidet. Sie stellte sich wieder hinter denselben Baum. Wartete.

24. AUGUST, 21.21H

Wolken zogen auf. Es wurde dunkler in der Dunkelheit. Das Display hatte eben ganz kurz einen Balken gezeigt. Aber sobald er stehengeblieben war, um zu telefonieren, war er wieder weg gewesen. Wie konnte man hier leben?

Er ging langsam weiter. Lange konnte es nicht mehr dauern. Irgendetwas hatte Ramesh vergessen zu erzählen. Sicher hatte er etwas vergessen.

Außerdem musste er auch zurück zu den anderen. Man konnte sie nicht zu lange allein lassen. Erstens wussten sie nur, was sie wissen mussten. Und zweitens traute er einigen von ihnen nicht über den Weg.

Und drittens war Kaiser schon tot, und er war der einzige, der das wusste. Hoffentlich stolperte keiner der anderen über ihn.

Und viertens... Er wusste nicht, wie lange ihm der Typ schon auf den Fersen war. Ein Weißer in kurzen Hosen. Farmer wahrscheinlich, aber nicht der, mit dem sie es in dem Haus zu tun hatten.

Was hatte der hier draußen zu suchen? Gewiss, Farmer standen früh auf, aber dafür gingen sie auch früh schlafen. Das hier war definitiv die falsche Zeit für ihn.

Der Farmer pirschte sich von Baum zu Baum und von Busch zu Busch. Wahrscheinlich hatte er das in der Armee gelernt. Aber es gab einen Ort, an dem man mehr fürs Leben lernte. Und das war der Knast.

Zwei Balken auf dem Display. Jetzt war es an der Zeit, den Doktor anzurufen. Er hielt das Display so, dass es weithin leuchtete. Sollte der Farmer ihn noch einmal deutlich sehen.

24. AUGUST, 21.15H

Jayne war schon außerhalb des Zaunes. Sie stand wieder so, dass sie kaum sichtbar war. Sie war aber auch dünn, dachte Muller. Der ganze Sport, den sie machte. Seit Arnold tot war, lief sie morgens durch Beacon Bay. Zehn Kilometer, sagte sie. Einmal hatte er sie vom Auto aus gesehen, als er einen Termin in East London gehabt hatte. In Leggings und Top, nur Haut und Knochen. Er hatte sich gewundert, wie man in dem Alter noch so fit sein konnte.

„Sssst!" Gcilitshana robbte an den Zaun heran. Jayne hatte so geschnitten, dass man nur kriechend hindurchkam. Und sie hatte eine Stelle gewählt, die zwischen zwei Bäumen lag. Vielleicht sah man es von außen erst, wenn man direkt davor stand.

Muller schob sich langsam an den Zaun heran.

Der Polizist stand schon hinter dem Zaun an einen Baum gelehnt. „Was machen wir denn jetzt? Wollen wir einfach da rausgehen?", hörte er ihn fragen.

Sein Hemd blieb an einem Stück Draht hängen, als er sich durch die Öffnung zwängte. In der Stille hörte er, wie es aufriss.

„Ja." Jayne.

„Aber wir müssen uns doch erst einmal orientieren. Sehen. Hören."

„Dann seien Sie doch leise!"

Muller sah die Schuhe des Polizisten und stellte sich hinter den nächsten Baum. Die Apfelbäume hatte er stehen lassen, als er den Ring um das Farmhaus gerodet hatte vor Jahren. Weil sie guten Ertrag lieferten. Vielleicht erwies sich das jetzt als doppelt gute Entscheidung. „Was machen wir denn jetzt, Jayne?"

„Was Mr. Gcilitshana vorgeschlagen hat", sagte sie sehr leise. „Sehen und Hören."

Muller verstand, was sie meinte. Aber da war nicht viel zu hören. Also … nicht mehr als sonst. Eine Grille, die versuchte, den Winter zu überleben. Der Wind. Viel mehr nicht. Also probierte er es mit Sehen. Er blickte in Richtung Norden.

Seine Augen waren immer noch gut, auch wenn er zum Lesen mittlerweile eine Brille brauchte. Aber viel mehr als die Ziersträucher sah er nicht, die das Feld, auf dem sie die Möhren ausgesät hatten, von dem trennten, auf dem die Kartoffeln wuchsen. Von dort waren auch Schüsse gekommen. Von dort irgendwo. Sie waren in eines der Wohnzimmerfenster eingeschlagen.

War von hier auch die Kugel gekommen, die Rosie getroffen hatte?

Die Reihe von Büschen bewegte sich im Rhythmus des Windes. Der kam aus dem Landesinneren, etwas zu warm für die Jahreszeit. Aber immer noch winterkalt. Ein wenig in die eine Richtung, ein wenig in die andere. Nichts Auffälliges.

Vielleicht waren sie weitergezogen. Aber wohin?

Warum waren sie überhaupt hierhin gekommen? Und was sahen Jayne und der Polizist gerade?

Da war noch eine andere Bewegung. Die Büsche waren fast mannshoch. Muller sah, dass sich der Teil ganz vorn am Rand zur Rodung nicht mehr bewegte. Dahinter tat der Wind noch seinen Job, jetzt erkannte er es genau. Hin und zurück. Ganz leicht. Hin und zurück. Hin und zurück. Nur der ihm am nächsten stehende Busch stand ganz still. Das bedeutete, dass sich dort jemand verborgen hielt. Mitten drin. Oder direkt daneben.

Muller spürte plötzlich eine Hand auf der Schulter und fuhr zusammen.

„Pssst!" Jayne.

Muller zeigte in die Richtung der Büsche.

„Hmhm, ich weiß!", sagte sie.

„Was machen wir? Willst du dahin?"

„Ich werde schießen."

„Von hier?"

„Hmhm!"

„Und dann?"

„Sind sie dann einer weniger?", fragte sie zurück.

„Ja, aber dann?"

„Ich weiß es nicht. Wir werden sehen."

24. AUGUST, 21.34H

Der Städter suchte ganz offensichtlich nach einem Platz zum Telefonieren. Van der West hätte ihm die Orte zeigen können, wo es immer Empfang gab. Schwierig hier draußen, aber möglich.

Das Display hatte eben eine ganze Minute lang in der Hand des Tsotsi geleuchtet. Die Schüsse, dieser Kerl auf dem Gebiet seiner Farm, das Telefonieren. Was mochte hier gerade geschehen? Hatte der Tsotsi irgendwen von seinen Nachbarn umgelegt und fand jetzt den Weg zurück nicht mehr? Zur Straße? Zum Auto? Aber war er ganz allein unterwegs? Suchte er nach der nächsten Farm? Nein, dafür war er zu schlecht orientiert. Er musste im Hellen gekommen sein, und die Dunkelheit hatte ihm mehr zugesetzt, als er es sich ausgerechnet hatte.

Er konnte mit anderen gekommen sein, aber die anderen waren längst tot. Alle Farmer hier waren wachsam. Und bereit, zu töten.

Wo er jetzt nur war? Van der West hatte das Leuchten seit ein paar Minuten nicht mehr gesehen. Es ging leicht bergauf, das war weit und breit der beste Platz, um Empfang für sein Telefon zu finden. Vielleicht hatte der andere nachgedacht und war selbst darauf gekommen, Städter hin, Städter her.

Hinter den drei großen Felsen, von denen man bei Tageslicht so einen großartigen Blick auf die Amathola Mountains hatte, sollte er die Spur des Tsotsi wieder aufnehmen können.

24. AUGUST, 21.33H

„Und der Polizist?" fragte Muller. Er blickte sich um. Jayne folgte seinem Blick.

„Soll ich ihn jetzt um Erlaubnis fragen? Wir sind schließlich hier, um uns zu wehren."

Sie legte das Gewehr an. In der Zieloptik war nichts zu sehen. Sie nahm das Gewehr wieder herunter und orientierte sich.

70 oder 80 Meter vielleicht, eben, sie musste den Beginn dieser Buschreihe nur finden. Sie versuchte es noch einmal.

Es dauerte sicher eine halbe Minute, bis sie das Grün, das in der Nacht nur Grau war, entdeckt hatte. Ein Grau noch dazu, das sich von den anderen Grautönen kaum unterschied. Aber jetzt hatte sie den Busch ausgemacht. Wer nicht völlig blind war, hatte es sofort sehen müssen. Da verbarg sich jemand. Es hätte im Prinzip auch ein großes Tier sein können, aber von wo hätte das herkommen sollen? Mitten ins Agrarland.

Sie musste mehr als einmal schießen. Kinderspiel mit dieser Waffe. Am besten waagrecht auf einer Höhe, um die Person nicht zu verfehlen. Oder waren es sogar zwei?

Aber was dann? Von ihrem Standpunkt aus konnten sie weder die freie Fläche im Westen noch die im Osten einsehen. Was würde dort geschehen, wenn sie geschossen hatte?

Es gab drei Möglichkeiten, dachte sie.

Es passierte nichts. Unwahrscheinlich.

Wer immer von den Angreifern dazu in der Lage war, schoss aufs Haus. Sehr wahrscheinlich.

Wer auch immer im Westen und Osten stand, und vielleicht auch jemand, der ihre Schüsse überlebte dort hinten, nahm sie unter Feuer. Dafür mussten sie sich aber zuerst einmal orientieren und begreifen. Eine Waffe mit einem Schalldämpfer wäre ideal. Der Polizist hatte so eine aus dem Haus mitgenommen. Aber sie waren viel zu weit weg von ihrem Ziel oder ihren Zielen. Ein Schalldämpfer war das Richtige für den Nahkampf.

Sie selbst war eher in einer Situation, wie sie sie vom Jagen kannte. Es ging nicht um Schnelligkeit, sondern um den richtigen Moment. Und um Präzision. Schießen, um zu töten. Nicht zu verletzen, sondern zu töten.

Ein Flugzeug näherte sich gerade. Jayne musste der Versuchung widerstehen, nach oben zu sehen. Es hörte sich nach einer großen Maschine an. Ein spätes Passagierflugzeug auf dem Weg zum Flughafen in East London.

Sie behielt den Busch im Auge. Sobald der Lärm abgeebbt war, schoss sie. Papp, papp, papp, papp, papp. Fünf Mal. Der Busch bewegte sich, so als würde sich jemand an ihm festhalten.

24. AUGUST, 21.48H

Diese drei Felsen kamen ihm gerade recht. Sie waren zusammen so groß wie der Bäckereilieferwagen, den er früher einmal gefahren hatte. Bevor er sich beruflich umorientiert hatte. Er ging einmal um sie herum und sah die Silhouette des Weißen langsam näher kommen. Seine Bewegungen waren kein bisschen vorsichtig. Der Farmer ging, als wäre er auf seinem eigenen Grund.

Gestohlen von uns, dachte er.

Langsam kam der Weiße näher. In der einen Hand hielt er ein Jagdgewehr. So stellte er sich das vor. Zuerst herausfinden, was vorging, und ihm dann in den Rücken schießen.

Der Weiße kam jetzt genau auf ihn zu.

Dann stoppte er kurz, änderte seine Richtung und ging so um die Felsen herum, wie er selbst eben auch gegangen war. Klar. Er suchte. Er wollte das Leuchten des Displays wieder sehen. Am besten aus sicherer Entfernung.

Den Körper an den kalten Stein gedrückt, wartete er darauf, den Farmer auf der anderen Seite der Felsen hervorkommen zu sehen. Aber er kam nicht. Hatte er nicht das Bedürfnis gehabt zu sehen, ob sich der Verfolgte hier verborgen hielt? Es konnte eine Falle sein. Der Farmer konnte am anderen Ende der Formation auf ihn warten, das Jagdgewehr schießbereit. Oder … Nein, er rechnete gar nicht damit, dass sich jemand vor ihm versteckte. Warum auch? Dafür musste man ihn ja entdeckt haben. Und der Farmer war sich sicher, dass das nicht passiert sein konnte.

Er wartete noch ein paar Sekunden und schlich dann auf die andere Seite der Felsen und dem Farmer hinterher. Schritt für Schritt. Der Boden war weich, er produzierte keine Geräusche. Dafür näherte sich jetzt ein Flugzeug. Er drückte sich wieder an den Stein und schob sich langsam um die nächste Kante, als der Lärm direkt über ihm war.

Und dann sah er den Weißen. Er stand mit dem Rücken zu ihm und starrte in die Luft. Das war eine Einladung, die er nicht ausschlagen konnte. Er griff in die linke hintere Hosentasche und zog das Messer heraus, das er heute eigentlich gar nicht hatte benutzen wollen. Ganz kurz hatte er sogar erwogen, es zu Hause zu lassen. Was für ein Glück.

Mit geübtem Handgriff öffnete er es und machte kleine Schritte auf den Farmer zu. Der Flieger war schon weit weg, und jetzt nahm der Weiße den Kopf wieder herunter. Aber es gab kein Zurück mehr. Er nahm den rechten Arm in die Höhe und winkelte ihn an. Nur noch einen Meter.

Da fielen Schüsse. Weit weg.

Der Farmer drehte sich herum und entwischte unbewusst seinem Zugriff. Gleichzeitig schlug er ihm in der Drehung sein Gewehr in den Unterleib. Auch unbewusst. Der Weiße hatte die Situation, in der er steckte, gar nicht begriffen. Als der Druck im Unterleib nachließ, stieß er dem Farmer das Messer in den Leib. Zog es wieder heraus und stieß wieder zu. Und dann in den Rücken des vor Schmerz gebückten Mannes, der zu sehr litt, um zu schreien.

In den Rücken, noch einmal und noch einmal und noch einmal. Und dann in den Nacken und in den Hinterkopf. Das Messer war scharf. Sehr scharf. Es dauerte nicht lange, und der andere lag am Boden.

Einmal trat er in den toten Mann hinein. Die Schuhe waren ohnehin schmutzig.

Dann rannte er los. In die Richtung, aus der die Schüsse gekommen waren. In die Richtung der Farm.

Es dauerte einige Sekunden, bis ihm einfiel, warum er überhaupt hier draußen war. Er musste telefonieren.

24. AUGUST, 21.54H

Der Winkel war einfach nicht gut. Zak lag fast im Fensterrahmen. Das alte Jagdgewehr, mit dem er schießen gelernt hatte, auf seinem ausgestreckten linken Arm …

Die Schüsse waren gerade verklungen. Er wäre beinah vornüber gefallen, als es begonnen hatte. Fünf oder sechs waren es gewesen. Hatten sie tatsächlich jemanden entdeckt und erwischt? Die Schüsse waren aus der kleinen Baumgruppe gekommen, wo Dad mit Jayne und diesem schwarzen Polizisten war.

Was würde jetzt geschehen? War überhaupt jemand getroffen worden? Wahnsinn sowieso, diese Idee, da rauszugehen.

24. AUGUST, 21.54H

Die Tür hatte er leicht offen gelassen und blickte jetzt hinaus. Niemand stand im ersten Stock. Alle hatten sich im Treppenhaus versammelt. Cesar wollte die Gelegenheit nicht verpassen.

Gleich würden die Tsotsis wieder losballern. Und der junge Mr. Muller würde dagegenhalten. Aber nur, bis er selbst eine Kugel im Leib hatte. Cesar hielt das Gewehr in der Hand. Er wusste, wie man damit schoss. Das reichte.

24. AUGUST, 21.53H

Pamm, pamm, pamm, pamm, pamm. Von seinem Standpunkt aus hatte Thabo einen guten Blick auf die Dinge. Er hatte gesehen, wie der Boss, die McKenzie und der Polizist zum Zaun gekrochen waren und wie sie sich hinter den Bäumen versteckt hatten. Irgendwann war die McKenzie dann zum Boss gegangen. Und dann hatte er gesehen, wie sie angelegt hatte.

Sie hatte sehr, sehr lange gebraucht, bis sie endlich geschossen hatte. Aber dann ging alles sehr schnell. Und jetzt war es so leise, wie immer, wenn etwas geschehen war und die Leute Zeit brauchten, um es zu verstehen.

Die McKenzie hatte auf die Buschreihe geschossen, die die kahlen Kartoffel- und Karottenfelder voneinander trennte. Also suchte er dort jetzt nach irgendwelchen Beweisen dafür, dass sie getroffen hatte. Wenn er nur diese Stelle endlich finden würde.

Dort! Das konnte jemand sein, der jemand anderen zog. Vom Haus und von der Freifläche fort. Und auch fort aus seinem Fokus.

Zwei Leute. Einer tot oder wenigstens getroffen. Der andere lebendig oder überlebend.

Wenn tatsächlich einer getroffen war, und wenn die McKenzie wirklich eben schon einen erledigt hatte, dann sah es vielleicht gar nicht so schlecht aus für sie. Was hatten sie geschätzt? Sechs bis acht Leute waren an dem Angriff beteiligt. Minus zwei war schon eine erhebliche Schwächung. Aber hier wusste natürlich niemand, was deren Pläne waren, wie ihre Bewaffnung aussah und wie sie auf den Verlust ihrer Leute reagieren würden. Thabo nahm das Gewehr wieder herab. Er wollte die Szene im Ganzen betrachten.

Er sah, wie der Polizist von Baum zu Baum sprang und den Boss und die McKenzie erreichte. Sie redeten, berieten sich offensichtlich.

24. AUGUST, 21.52H

„Ihr schlaft doch schon", sagte Lettie leise. Als die beiden kleinen Töchter nicht reagierten, stand sie von der Seite des Bettes auf und ging ins Freie. Eine schwache Lampe über der Tür beleuchtete ein Stück ausgetretenen Boden. Es sollte bald wieder einmal regnen, dachte sie, als sie mit ihrem nackten Fuß einen der wenigen verbliebenen Grasbüschel streichelte.

„Hey!", kam aus der Tür des Nachbarhauses. Genau so groß wie ihres, und eines von acht in einer Reihe. Fenster, Tür, Fenster.

„Hey!", antwortete Lettie.

Miriam lehnte in ihrer Tür. „Wo sie nur bleiben."

Lettie hatte Jo-Jo vor mindestens zwei Stunden zurück erwartet. Fleisch und Milliepap waren schon lange kalt. Jo-Jo machte das nichts aus. Ihr wohl. Sie hatte es gern, wenn die ganze Familie am Tisch saß.

„Ob sie wieder bei Yonela sind?", fragte Miriam.

Yonela, die Witwe, dachte Lettie. Ein Haus so groß wie ihres. So klein wie ihres. Auf der Nachbarfarm. Und aus ihrem Kühlschrank verkaufte sie Alkohol. Illegal. Aber was sollte sie als Witwe schon machen? Sie konnte froh sein, dass sie auf der Farm wohnen bleiben durfte nach dem Tod ihres Mannes. Der Farmer beschäftigte fast nur noch Saisonarbeiter aus der Gegend, und die Häuser wurden kaum noch gebraucht. Lettie wollte gar nicht wissen, ob Yonela die Miete nur in Rand bezahlte.

„Sie haben kein Geld mit", sagte Lettie. „Das wüssten wir."

„Hmhm!"

„Aber sie könnten sich welches borgen."

„Hmhm! Ich würde Sipho das nicht raten!"

„Lass uns zu Princess gehen!"

„Hmhm!"

Sie gingen drei Häuser weiter. Das Licht über der Tür brannte nicht, drinnen war nur das Flackern einer Kerze zu sehen. Lettie klopfte.

Nach ein paar Sekunden steckte Asanda den Kopf zur Tür hinaus, die Älteste von Princess und Cesar. Sie ließ die beiden Frauen ins Haus.

Princess saß am Tisch mitten in dem kleinen Raum. Sie hatte der Tür den Rücken zugewandt und drehte sich auch nicht um, als Lettie anfing zu reden.

„Keine Spur von ihnen", sagte Lettie. „Was machen wir?"

Gcilitshana erreichte die beiden anderen. „Vielleicht sind sie schon weg!“

„Einen haben wir gerade erwischt“, sagte sie und schüttelte den Kopf. „Ich wundere mich, dass nicht sofort eine Reaktion kommt.“

„Wir sollten vielleicht wieder ins Haus gehen!“ Muller.

„Könnte gefährlicher sein als hierzubleiben. Wir haben mindestens fünfzehn Meter ungeschützten Weg zurück zum Badezimmerfenster.“ McKenzie.

Gcilitshana betrachtete den Weg zwischen Zaun und Haus und sah ein, dass die Frau recht hatte. Das Schlimmste war, dass sie nicht nur zum Haus zurück mussten, sondern vielleicht auch noch um das Haus herum, wenn sie die Haustür erreichen wollten. Aus dem Fenster raus war das eine. Zum Fenster wieder rein etwas ganz anderes. Viel Zeit für die Bastarde, sie abzuknallen. „Muller“, sagte er. „Ich will wirklich wissen, was Sie da im Haus haben. Sagen Sie es uns einfach. Die kommen doch nicht wegen ein paar Geldscheinen.“

„Ist doch Unsinn“, sagte der Farmer. „Hier gibt’s nix.“

„Pssst!“, machte McKenzie.

„Was!“, sagte Muller.

„Ruhe! Da war was!“

Ein Feuerstoß krachte in den Baum neben Gcilitshana. Und eine Kugel traf ihn.

„Auf den Boden!“, rief McKenzie.

24. AUGUST. 22.00H

Niemand bemerkte, wie er über den Flur ging. Cesar Mhlaba setzte langsam einen Fuß vor den anderen.

Eine Frau wimmerte leise. Eine männliche Stimme sagte auf isiXhosa: „Der Boss wird das schon machen!“ Betsie und Jo-Jo. Die Mädchen und Trixie waren nicht zu hören. Der Handwerker und der Bote auch nicht.

Die Tür, hinter der Thabo eben verschwunden war, war angelehnt. Er konnte den Foreman atmen hören.

Cesar war sich sicher, dass die fünf Schüsse von ihrer Seite abgegeben worden waren, dem Klang nach. Also der Boss oder diese Frau. Gcilitshana traute er nicht über den Weg. Er hatte von Geschichten gehört, in denen der Polizist am Straßenrand Leute erschossen hatte. Man musste nicht alles glauben, aber wenigstens vorsichtig sein. Ob der Polizist vielleicht mit den Tsotsis da draußen gemeinsame Sache machte?

Er stand jetzt vor der Tür des Zimmers, in dem Zak sein musste. Die Tür war geschlossen.

Cesar hatte sich nicht überlegt, wie er vorgehen wollte in dieser Situation. Er hatte sich nur gesehen mit einer Waffe in der Hand. Vor ihm stand dieses Schwein, er schoss, aus. Und jetzt konnte er es wirklich tun. Er würde es tun!

Langsam drückte er die Klinke herunter. Gut geölt, kein Geräusch. Die Tür ließ sich ohne Widerstand öffnen.

Zak hatte sich weit aus dem Fenster gelehnt. Er hatte ein schweres Gewehr in der Hand.

Cesar betrat den Raum. Er zielte, als draußen wieder Schüsse fielen.

24. AUGUST, 22.02H

Auf dem Felsen war der Empfang am besten. Zwei Balken. Dauerhaft.

Er war langsam dorthin zurückgegangen. Zweimal hatte er versucht, eine Verbindung aufzubauen, dann kam ihm der Gedanke, auf den Felsen zu klettern. Konnte sich ja jeder ausrechnen, dass die Verbindung dort besser war.

Den Farmer konnte er von oben gut sehen. Weiße Haut reflektiert, dachte er. Dazu auch noch helle Kleidung.

Der Ruf ging ab.

Er wartete.

„Sprechen Sie zu Dr. Ramesh. Er kann den Anruf gerade nicht entgegennehmen. Beeep!"

So eine Scheiße. Die Mailbox.

Alkohol und Dagga waren eine gefährliche Mischung. Und Ramesh – Dr. Ramesh – hatte immer zu viel davon in sich. Von beidem. Schmieriger Inder.

Er versuchte es noch einmal: „Sprechen Sie zu Dr. Ramesh. Er kann den Anruf gerade nicht entgegennehmen. Beeep!"

Noch einmal. Und noch einmal. Dann warf er das Telefon auf den Boden. Weit weg genug, auf den Acker, so dass es nicht kaputt gehen konnte.

Er stand auf dem Felsen und stampfte mit dem Fuß auf. Dieser Scheißarzt. Da klingelte das Telefon.

Die Landung nach dem Sprung vom Felsen war weich. Er hatte das Glück, nicht auf einem Stein aufzukommen. Dann hechtete er zum Licht des Displays, griff das Telefon und drückte auf Grün.

„Hey! Doc?"

„Heita, Bro B! Wo bist du? Doc? Wer ist Doc?"

Eddie, der Idiot. Warum musste er ausgerechnet jetzt anrufen? „Hör zu. Ich ruf dich zurück. Kann jetzt nicht!"

„Bulelani, was ist los?“
Er drückte den Anruf weg. Er musste zurück.
Auf der Farm fielen wieder Schüsse. Er lief los.

24. AUGUST, 22.02H

Der Polizist war getroffen. Jayne langte zu ihm hinüber und tippte ihn an. Er verzog das Gesicht: „Meine Schulter!“
Er lag auf der Seite, und sie tastete an seiner Uniform entlang, bis sie auf etwas Feuchtes stieß. Er stöhnte auf. „Das tut weh!“
Schüsse kamen jetzt von beiden Seiten. Jayne drehte sich zur Seite und feuerte mit dem automatischen Gewehr in die Richtung, in die sie eben schon geschossen hatte. Sie hatte den Eindruck, dass das Feuer sofort nachließ. Trotzdem schlugen Kugeln in die Apfelbäume und im Boden ein.
„Franz! Schieß in die andere Richtung. Von da kommt einer!“
Franz lag auf dem Bauch und holte eine Pistole hervor. Er legte sich auf die linke Seite und feuerte mit der rechten Hand. Langsam und kontrolliert. Eine Kugel nach der anderen. So schossen sie in beide Richtungen.
Jayne leerte ihr Gewehr und griff dann nach der kleinen Pistole im Hosenbund. Die hatte sie eingesteckt für kürzere Distanzen.
Sehen konnte sie nicht, wer auf sie schoss. Hatte sie ihr Ziel in dem Busch verfehlt? Waren dort zwei Leute gewesen? Hatte sich einer in der Nähe verborgen gehalten? Gerade wurde von dort nicht geschossen. Auch auf der anderen Seite war Ruhe.

Dafür kamen Schüsse aus dem Haus. Sie konnte allerdings nicht deuten, woher. Auch nicht, in welche Richtung dort geschossen wurde.

Jayne legte sich auf den Rücken und versuchte, sich einen Überblick zu verschaffen. Der Polizist war verletzt, nicht schwer, aber er musste ins Haus geschafft werden. Sie hatten Feuerschutz, aber zu beiden Seiten waren Angreifer versteckt und warteten darauf, sie zu töten.

Oder auf neue Befehle.

Oder auf Hilfe. Vielleicht waren sie verletzt.

Oder tot?

Gerade wurde gar nicht mehr geschossen. Eben noch war Krieg, und jetzt … Sie zählte die Sekunden. Acht. Neun. Zehn. Sie mussten bald eine Entscheidung treffen. Schon für den Polizisten.

Ein Feuerstoß schlug im Boden knapp neben ihr ein. Sie zog sich instinktiv zusammen und versuchte zugleich, zu Franz hinüber zu schauen. Der fing an, wieder zu schießen.

Der Angriff kam von Westen. Sie blickte wieder in Richtung Norden und schoss mit ihrer Pistole im Sekundentakt, bis sie leer war. Lange würden sie sich so nicht mehr halten können.

24. AUGUST, 22.01H

Zak hatte einige Male schon den Eindruck gehabt, etwas zu sehen. Oder jemanden. Es war ihm vorgekommen, als wäre dahinten irgendwo ein heller Schimmer. Versteckt hinter einem Busch. Da, wo der Pfad zur Nachbarfarm entlangführte.

Das Schimmern war schwach, aber beständig. Und es hatte sich nicht bewegt. Bis jetzt.

Es war weit weg, aber er konnte erkennen, dass es sich Dad und den beiden anderen näherte, die da außerhalb des Zaunes standen.

Zak versuchte sich zu konzentrieren. Benutzte die Zieloptik. Aber er sah nur die alten Bewässerungskanäle. Die ein gutes Versteck boten.

Konzentrier dich, sagte er sich. Er folgte einem der Kanäle. Ganz langsam, nur nichts verpassen. Es hatte schon Vorteile, sich auszukennen. Und er kannte die Farm wie kein anderer. Außer Dad vielleicht.

Nichts. Er folgte dem Kanal noch einmal in die andere Richtung.

Wieder nichts.

Zak setzte das Gewehr ab und blickte auf Dad und die anderen. Jetzt lagen sie am Boden. War jemand getroffen worden?

Sein Blick wanderte zwischen den Bäumen und dem Kanal hin und her, dem er eben gefolgt war. Wenn von dort irgendwo auf die drei geschossen worden war, dann musste sich dort jemand verborgen halten. Von seiner Position aus war die Fläche nicht einfach zu überblicken. Kleine Fetzen Wiese, ein bisschen Gestrüpp und die nicht ganz ebene Oberfläche boten den Angreifern zahlreiche Möglichkeiten, ungesehen zu bleiben. Selbst wenn jemand mit dunkler Kleidung auf so einem Eckchen Gras lag, war er fast schon unsichtbar.

Jetzt konnte er es wieder deutlich erkennen. Es war ein Hemd. Gelb. Er musste die Figur nur noch im Zielfernrohr finden. Dann …

Er legte das Gewehr an und suchte das Gelände erneut ab. Ein sanfter Wind fuhr durchs Zimmer. Seltsam, wo er doch die Tür geschlossen hatte. Da war ein winziger vertrockneter Busch. Und ganz in der Nähe erinnerte er sich, die Bewegung eben wahrgenommen zu haben. Er suchte weiter, in konzentrischen Kreisen, so wie er es von Dad gelernt hatte.

Da hörte er, wie hinter ihm eine Waffe entsichert wurde. Direkt hinter ihm. Er fuhr auf und ließ dabei sein Gewehr nach draußen fallen. Im gleichen Moment kamen die Schüsse durchs Fenster, die ihm in die Brust fuhren. Drei an der Zahl.

Eine der drei Kugeln traf sein Herz.

24. AUGUST, 20.29H

„Ja!" sagte sie ins Telefon.

Der Superintendent hatte ihr verboten, sich so zu melden. Aber erstens war er heute Abend nicht im Haus. Und zweitens konnte man es nicht immer allen recht machen.

„Ja, ja", sagte sie dann. „Das ist die Polizeistation in King, Maluti Road. Und ich bin Constable Ncita!" Sie fügte noch an: „Was kann ich für Sie tun?" Dass die Ironie sich nicht vermitteln würde, war ihr allerdings klar. Eine weiße Frau, die Anruferin. In Sorge, aber kontrolliert.

„Und was sollen wir da jetzt machen?" fragte sie in den Hörer zurück.

„Rausfahren? – Auf die Farm? – Aber es ist schon dunkel! – Er ist bestimmt eingeschlafen. Machen Sie sich einfach keine Sorgen. – Dann ist er eben den Zaun kontrollieren."

Sie hätte fast gesagt, dass er wahrscheinlich die Maid vögelte. Joyce Ncita hatte einen Tag zuvor einen Artikel gelesen, in dem stand, dass Farmer heute immer noch sexuelle Beziehungen zu ihren Hausangestellten und Arbeiterinnen hatten. Ganz genauso wie zur Zeit der Apartheid. Ekelhaft. Oder die Tochter der Maid. Das kam ganz darauf an.

„Ganz allein auf der Farm? Hm. – Geben Sie mir mal Ihre Telefonnummer. Die kann ich nämlich hier nicht erkennen."

24. AUGUST, 22.00H

Princess drehte sich zu den Besucherinnen um. „Ich bin so sauer!"

Die Kerze hinter Princess flackerte im Wind, der durch die offene Tür kam. Lettie konnte ihr Gesicht kaum sehen. Sie wunderte sich über die beiden anderen Frauen. Darüber, dass sie so wütend waren. Statt Wut fühlte sie eher Sorge.

„Wenn ich ihn wieder von dieser Schlampe da abholen muss", sagte Princess, „dann kriegt er einen Monat lang keinen Sex."

Lettie hatte das schon oft gehört von Princess. Sie wusste aber auch, dass das eine leere Drohung war. Sie machte sich gut, wenn die Frauen unter sich waren.

„Sollen wir rübergehen?", fragte Miriam.

„Nicht ohne Noluthando", sagte Lettie.

„Ich verstehe nicht, wie die so fest schlafen kann, wenn Thabo nicht zu Hause ist", sagte Princess.

„Ich klopfe bei ihr an." Lettie drehte sich um und ging zum Nebenhaus.

Bevor sie anklopfen konnte, ging die Tür schon auf. „Ich hab euch doch gehört", sagte Noluthando mit ihrer tiefen Stimme. „Ich komme ja schon!"

24. AUGUST, 22.13H

Thabo legte an und feuerte auf den Typ, der sich den Apfelbäumen näherte. Aber er traf ihn nicht. Er hatte zwar schon oft geschossen, aber nie auf Menschen. Und seine Hand zitterte jetzt, obwohl er wusste, dass es richtig war, den Kerl da unten zu erschießen.

Er bewegte seinen Oberkörper weiter nach draußen und versuchte, die Balance nicht zu verlieren. Die Schüsse hatten gerade aufgehört.

Da war einer. Tatsächlich. Mit einem ganz grellen Hemd. Er hantierte mit seinem Gewehr herum. Lud nach. Thabo nahm ihn ins Visier und hielt Schultern und Arme ganz ruhig. Jedenfalls versuchte er das. Und dann feuerte er auf den Mann.

Nach dem Schuss musste er lange suchen, bevor er ihn wieder fand. Er lag am Boden und schien sich nicht zu rühren.

Gut.

24. AUGUST, 22.21H

Sie hörte Weinen im Haus. Das war keines der Mädchen.

Jayne überlegte. Betsie? Eher Trixie. Trauerte sie um Rosie? Das war ihr gutes Recht. Jayne wunderte sich trotzdem.

Kein Schuss mehr seit mehreren Minuten. Oder verwechselte sie Minuten mit Sekunden?

Wo waren die Schützen? Hatte Franz den im Westen erwischt? Und sie den im Norden?

„Wir müssen Gcilitshana reinbringen.“ Franz.

„Hmhm.“ Sie reckte sich und strich dem Polizisten über den Kopf. Seine Stirn war heiß. „Ist es sicher?“

„Haben wir eine Wahl?"

„Komm", sagte sie. „Wir versuchen, ihn durch den Zaun zu ziehen."

Sie ging in die Hocke und zog den Polizisten an den Füßen. Er war schwerer als erwartet. Franz kroch, um ihn an den Schultern zu nehmen.

„Nein. Hilf mir hier!", sagte Jayne. „Wir können ihn so nicht tragen. Die Wunde!"

Franz robbte zu ihr herüber. Sie zogen den Polizisten gemeinsam durch das Loch. Dann legte sich Jayne flach auf den Boden. Sie bedeutete Franz, das gleiche zu tun.

„Denkst du, jemand zielt auf uns?", fragte der Farmer.

„Ich weiß es nicht. Franz, was geht hier eigentlich vor? Hat irgendjemand schon eine Antwort gefunden auf die Frage?"

„Keine Ahnung."

„Zak?"

„Was soll der schon haben?"

„Aber irgendwas muss doch im Haus sein."

„Da ist nichts!" Franz drehte den Kopf weg.

„Jetzt!", rief eine Stimme. „Kommen Sie jetzt!"

Jayne blickte auf die Fenster im ersten Stock. Aus einem winkte ein Arm. Der Foreman. Er winkte energisch.

Franz stand schon auf. Sie nahmen je ein Bein des Polizisten und zogen ihn zum Haus.

„Weiter, weiter!" rief Thabo. Ein Feuerstoß schlug neben Jayne in die Hauswand ein. Thabo antwortete mit permanentem Beschuss von was oder wem auch immer. Rack, tack, tack, tack. Rack, tack, tack, tack. Eine zweite Waffe kam ihm zu Hilfe. Duppuppupp, duppuppupp, duppuppupp. Sie zogen den Polizisten an der Hauswand entlang. Der Boden war weich, der Kopf würde es einfach überleben müssen.

Der Polizist stöhnte. „Das tut weh!"

An der Ecke warteten sie eine einzige Sekunde. Über ihnen sollte es auch Feuerschutz geben. Und, lieber Gott, die Tür muss offen sein.

„Schnell!", hörten sie Betsies Stimme. „Beeilen Sie sich!"

Sekunden später waren sie im Haus. Betsie verriegelte die Tür. Dann erst fielen wieder Schüsse. Einer von ihnen traf die Tür.

24. AUGUST, 20.33H

„Das ist ganz schön weit weg." Sergeant Andile Twaku nahm die Lesebrille von der Nase. „Wir brauchen mindestens eine halbe Stunde bis dahin", sagte er. „Sonst noch etwas Wichtiges?"

Ncita schüttelte den Kopf. „Eine Vermisstenmeldung."

„Kind?"

Ncita schüttelte wieder den Kopf. Sie schaute auf einen Zettel. „Kobus Prins. Vertreter für Saatgut. Hatte am Nachmittag mehrere Termine hier in der Gegend. Im B&B in East London haben sie mit dem Abendessen auf ihn gewartet. Hatte er ausdrücklich bestellt, wollte direkt", Ncita schaute auf ihren Zettel, „von Simonshoek dorthin fahren. Seine Firma hat dann hier angerufen. Er ist nicht zu erreichen."

„Und?"

„Sechs Farmen an einem Tag."

„Ist die von diesem van der West dabei?"

Ncita schüttelte noch einmal den Kopf.

„Hm. Dann können wir uns also aussuchen, ob wir die Messerstecherei bearbeiten oder die Farm. Wer bleibt hier?"

„Simphiwe. Sie ist gerade Fish and Chips holen."

„Farm oder Messerstecherei?", fragte Twaku.

„Farm", sagte Ncita

„Okay. Einen Krankenwagen zur Messerstecherei. Wir fahren mit dem neuen Ford."

24. AUGUST, 22.40H

Bulelani war über die Äcker gelaufen. Auf seine Schuhe hatte er nicht mehr Acht geben können. Saubere Schuhe waren eine Sorge von morgen, jetzt war er erst einmal beunruhigt wegen der Schüsse, die er gehört hatte. Er musste wissen, wer auf wen geschossen hatte.

Die Farm war dunkel, als er sie erreichte. Er stellte sich an seinen alten Posten und lauschte.

Kein Ton.

Doch. Da war was.

Das Schluchzen eines Mannes. Leise. Unterdrückt.

Was bedeutete das alles? Nur seine Leute hatten geschossen. Sie hatten getroffen und im Haus jemanden erledigt. Der weinende Mann. Eine Möglichkeit. Beide Seiten hatten geschossen. Die wahrscheinlichere Situation. Seine Leute hatten getroffen. Wieder der weinende Mann. Aber hatten die im Haus auch getroffen? Blieb noch die Erklärung, dass die Schüsse alle aus dem Haus gekommen waren. Nicht wahrscheinlich.

Was aber auch immer geschehen war, Bulelani musste sich selbst einen Überblick verschaffen.

Constable Ncita schaltete in den zweiten Gang runter. „Wie lange müssen wir noch auf dem Schotterweg fahren?“, fragte sie.

„Wir sind gleich da!“ Sergeant Twaku prüfte sein Telefon. Kein Empfang. Super.

Das Farmhaus war dunkel, aber über der Haustür leuchtete eine kleine Glühbirne. Die Scheinwerfer des Ford Ranger machten das umzäunte Areal zur Bühne. Eine Kette mit Schloss verriegelte das Tor im Zaun um das Haus herum, ein Bakkie und ein kleiner Lieferwagen standen auf der anderen Seite.

Twaku stieg aus. Ncita folgte ihm, ließ den Motor aber laufen. „Und jetzt?“ fragte sie, holte ihr Telefon aus der Hosentasche und checkte den Empfang. Kein Balken.

„Mach mal den Motor aus!“ sagte Twaku. „Vielleicht hören wir ja was.“

Ncita kletterte in den Wagen und drehte den Schlüssel. Der Motor ging aus, die Scheinwerfer wurden schwächer.

Twaku war schon ein paar Meter unterwegs, als sie zu ihm aufschloss. „Falscher Alarm“, sagte sie. „Der Farmer schläft seinen Rausch aus. Gleich wird er wach, sieht das Licht und schießt auf uns.“

Der Sergeant nickte. „Ja, das ist eine reelle Gefahr. Ich rufe einfach!“

Er blieb stehen und holte Luft: „Hallo! Hier ist die Polizei! Hören sie? Hier ist die Polizei!“

„Wir könnten den Lautsprecher benutzen.“

Twaku schüttelte den Kopf. „Wenn er das nicht hört, ist er entweder im Tiefschlaf oder weg. Vielleicht hat er noch ein Auto.“

„Oder er ist tot!“

„Hmhm. Oder tot.“ Sie gingen weiter. „Wie alt ist er?“

„Keine Ahnung. Die Frau war nicht jung.“

„Leute sterben. Herzinfarkt. Kreislaufkollaps. Schlaganfall."

„Vielleicht braucht er Hilfe", sagte Ncita, als sie die Runde beendet hatten und wieder vor dem Tor standen.

„Vielleicht hätten wir den Krankenwagen lieber hierher geschickt und wären zu der Messerstecherei gefahren."

„Verschwendete Zeit! Komm …"

Sie gingen wieder zum Wagen. Ncita hatte den Motor schon gestartet, bevor Twaku seine Tür geöffnet hatte.

„Warte!", sagte er. „Mach noch mal aus."

„Was?" fragte sie und drehte den Schlüssel wieder zurück.

„Da war was. Ein Schuss. Oder zwei."

„Im Haus?"

„Nein. Weit weg!"

„Muss nichts bedeuteten. Lass uns fahren."

Twaku zögerte einen Moment. „Okay. Lass uns fahren!"

24. AUGUST, 22.46H

Die Mädchen schliefen. Völlige Stille im Haus. Der Boss und Trixie hielten sich in den Armen und saßen auf der Treppe. Genau in der Mitte zwischen dem Erdgeschoss und dem ersten Stock. Über ihnen die beiden Mädchen. Jede lag auf einer der breiten Stufen. Der Bote lag über mehrere Stufen ausgestreckt auf gleicher Höhe mit den Mullers. Thabo wusste inzwischen, dass er Phumezo hieß. Dem Jungen ging es ganz ordentlich. Natürlich brauchte er ärztliche Hilfe, aber er würde ihnen nicht wegsterben. Der Handwerker, Pule, saß unterhalb von ihm. Er hatte den ganzen Abend über noch fast keinen Ton gesagt.

Bei dem Polizisten sah das anders aus. Er war an der Schulter getroffen und ernsthaft verletzt. Er saß an der Wand der Treppe im Erdgeschoss und wirkte mehr tot als lebendig. Er brauchte ganz sicher bald einen Doktor.

Cesar und Jo-Jo saßen auf der obersten Stufe der Treppe. Jo-Jo resigniert, die Knie angezogen und den Kopf darauf gelegt. Und Cesar … Thabo hatte seinen Arbeiter im ersten Stock auf und ab rennend gesehen und festhalten müssen. Er war gar nicht ansprechbar gewesen. Jetzt hockte er neben dem verzweifelten Jo-Jo und starrte ein Loch in die Dunkelheit.

Zak lag jetzt neben Sipho im Badezimmer. Auf dem Boden. Kaum einen Meter von seiner Mutter entfernt. Der Boss war zusammengebrochen, als Trixie es ihm gesagt hatte. Mit dem Vertreter hatten sie schon vier von ihnen umgebracht. Thabo glaubte nicht mehr an die These vom Raub. Es musste etwas anderes sein. Musste. Er dachte an die Geschichte von vor … Jahren. Der Boss und er auf einer nächtlichen Patrouille. Immer wieder war Vieh weggekommen. „Das Problem lösen wir selbst!", hatte der Boss gesagt. Dann waren sie auf diese beiden Jungs getroffen. Kinder noch. Der Boss hatte sofort geschossen. Thabo hatte die Jungs dann an einer entlegenen Stelle auf der Farm beerdigt. Er wusste, dass das nicht in Ordnung gewesen war. Die Familien wussten nichts vom Schicksal ihrer Kinder und hätten sie zurückhaben und selbst bestatten müssen. Aber das Schlimmste kam Wochen später. Bei einer Routinekontrolle hatte Thabo entdeckt, dass die Leichen nicht mehr in den Gräbern lagen. Da war nur noch lockere Erde gewesen. Er hatte einen herumliegenden Zweig genommen und gesucht. Aber da war nichts mehr gewesen. Jemand hatte sie genommen.

Thabo war sich sicher, dass man für alles im Leben bezahlen musste.

„Wird eigentlich irgendjemand draußen vermisst?“, fragte die McKenzie jetzt. Sie stand unten in der Halle und blickte hoch. Aber niemand antwortete. „Ich meine … Einige von uns sollten doch zu Hause sein. Oder wo auch immer. Wird denn niemand misstrauisch?“

Sie wartete und zeigte dann auf Pule: „Du. Erwartet dich niemand zu Hause?“

Thabo glaubte zu sehen, dass der Junge den Kopf schüttelte. „Meine Mutter vielleicht.“

„Und was wird sie tun, wenn sie dich vermisst?“

„Mich anrufen.“

„Aber hier ist kein Empfang.“

„Irgendwann wird sie vielleicht zur Polizei gehen.“

„Aber das wäre doch großartig!“, sagte Jayne. „Warum sind die immer noch nicht hier?“

24. AUGUST, 21.26H

„Phumezo wie?“, fragte Nkosazana Magwaca. Der Weiße, der sich auf den Tresen vor ihr stützte, konnte den Namen nicht aussprechen. „Okay. Gestohlen, sagen Sie?“

„Weg!“, sagte der Weiße. „Gestohlen ist möglich. Aber vielleicht … Ist ja alles möglich.“

Constable Magwaca holte das Formular aus der Schublade und schrieb den Namen des Weißen vom Personalausweis ab. „Wem gehört das Auto?“

„Mir!“

„Aber es ist auch von Quick Trans?“

„Ich bin Subunternehmer. Ich muss die Autos so lackieren lassen."

„Und wann ist das Auto gestohlen worden?"

„Ich weiß doch nicht, ob es gestohlen ist. Es ist weg. Und der Fahrer meldet sich nicht."

„Dann hat er es also gestohlen", sagte Magwaca.

„Und wenn er überfallen worden ist? Hijacking!"

„Hmmm. Kann natürlich sein? Was wollen Sie also anzeigen? Wenn keinen Autodiebstahl …"

„Mir ist egal, was ich anzeigen muss, wenn Sie nur nach meinem Auto suchen!"

Constable Magwaca nickte. „Wann haben Sie denn zuletzt mit dem Boten gesprochen?"

„Am Nachmittag."

„Und wo musste er danach noch hin?"

„Hier. Ich hab die Liste mitgebracht."

Constable Magwaca nahm die Liste zur Hand. Ein paar Adressen in King, zwei in Bhisho und dann noch ein paar Farmen.

24. AUGUST, 22.37H

„Nicht so schnell", rief Noluthando. „Ich bin schon Großmutter."

Als die vier Frauen den alten Graben neben der Schotterstraße überquerten, reichte Lettie Noluthando die Hand. Princess und Miriam hatten schon ein wenig Vorsprung.

„Irgendetwas stimmt hier nicht", sagte Lettie leise zu Noluthando. „Irgendetwas. Und ich wäre froh, wenn ich wüsste, was es ist."

„Denkst du wirklich, dass sie bei Yonela sind?"

„Keine Sekunde hab ich daran gedacht."

„Was hat Thabo denn gesagt am Morgen?"

„Irgendwer wollte kommen und den Zaun reparieren. Er meinte, es könne länger dauern. Aber nicht so lange. Es ist ja dunkel. Und im Dunkeln repariert man keine Zäune."

Noluthando sprach langsam und betonte jedes Wort. Lettie verstand, dass sie mit ihrer Sorge nicht allein war.

„Hast du den Revolver mitgenommen?"

„Hmhm!" Lettie fühlte ihn deutlich im Pullover, den sie sich um die Hüfte gebunden hatte.

In der Ferne war Musik zu hören. Langsam näherten sie sich der kleinen Siedlung auf dem Gelände der benachbarten Farm.

Lettie sah ein paar Stühle vor einem der Häuser. Ein älterer Kwaito-Track war deutlich zu hören. Nur auf dreien der Stühle saßen Leute. Neben Yonela erkannte sie zwei Arbeiter von einer anderen Farm. Keine Spur von ihren Männern. Sie blickte Noluthando an, die den Kopf schüttelte. Princess und Miriam kamen schon zu ihnen zurück.

„Was machen wir jetzt?", fragte Miriam.

„Wir gehen zum Farmhaus!", sagte Lettie.

24. AUGUST, 22.42H

Bulelani wusste, dass er hinter dem Busch einigermaßen gut geschützt war. Aber wenn er die Ostseite des Hauses sehen wollte, dann musste er hinaus ins Offene. Es war dunkel, gewiss. Aber Kaisers Tod war Beleg dafür, dass sie verdammt aufpassen mussten. Vielleicht hatten die da drin sogar Nachtsichtgeräte. Er hatte so etwas einmal im Fernsehen gesehen. In einem Hollywood-Film.

Kaisers Leiche jedenfalls wollte er erst sehen, wenn er mit den anderen gesprochen hatte. Zu deprimierend.

Das Fenster, aus dem der Schuss auf Kaiser gekommen war, sah verwaist aus. Er hatte sowieso keine Wahl.

50 Meter waren es vielleicht bis zur Ecke des Zauns. Dann noch einmal 20 bis zum Tor und noch einmal 20 bis zu dem Quick Trans-Lieferwagen, an dem er Sandi und Enoch vermutete. Bulelani rannte los.

Noch bevor er den Knick im Zaun erreicht hatte, dachte er, dass er einen Fehler gemacht hatte. Was, wenn Sandi und Enoch glaubten, er wäre jemand anderes? Einer von denen im Haus zum Beispiel. Dann würden sie schießen.

Aber er konnte nicht zurück.

Kein Schuss vom Haus. Entweder war das Licht gerade schlecht zum Schießen oder sie besprachen sich.

Staub wirbelte auf, als er um die Kurve lief. Das war das erste echte Geräusch, das er produzierte. Bulelani hatte Mühe, auf den Beinen zu bleiben. Er schaffte es, musste aber zweimal hintereinander auf dem rechten Fuß auftreten. Die beiden Gestalten hinter der Hecke waren angespannt, so viel konnte er sehen. Was für eine unnötige Situation! Er war der Chef der Gruppe, und er sollte eigentlich nicht rennen. Er sollte Anweisungen erteilen und darauf warten, dass sie umgesetzt wurden.

„Ich bin's!“, rief er leise.

„Klar, Chief!“, kam es zurück.

Bulelani hechtete hinter den Wagen, duckte sich und lehnte sich mit dem Rücken an die Fahrertür. Er atmete heftig, aber er war froh, gute Leute ausgesucht zu haben.

„Was ist passiert?“, fragte Enoch.

Bulelani schnaufte noch einmal durch. „Das frag ich euch!"
„Da haben sie geschossen." Sandi zeigte auf die Nordseite.
„Und?"
„Wir wissen es nicht", sagte Enoch.
„Warum habt ihr nicht eingegriffen?"
„Du hast gesagt, wir sollen unsere Position halten!" Sandi.
„Und wir haben geschossen. Als sie da rein sind." Enoch zeigte auf die Tür im Farmhaus.
So clever waren sie doch nicht, dachte Bulelani. Er hatte gesagt, sie sollten ihre Position halten, klar. Aber er war auch davon ausgegangen, dass sie die Situation unter Kontrolle haben würden. „Ja", sagte er. „Aber wir haben jetzt eine andere Lage. Wisst ihr denn gar nicht, was da passiert ist?"
„Nein." Enoch.
„Da waren Leute." Sandi.
„Aus dem Haus?"
„Kann sein." Sandi.
„Aber wer ist denn ins Haus rein?"
„Der Farmer und eine Frau. Und der Polizist. Der ist aber gezogen worden. War verletzt." Enoch.
„Und wann sind sie rausgekommen?"
Keine Antwort.
„Sind sie nicht hier rausgekommen?"
„Auf keinen Fall, Chief", sagte Enoch.
„Und als sie rein gegangen sind … Habt ihr geschossen?"
„Nicht getroffen!" Sandi.
Bulelani kam zu dem Schluss, dass er auf der Nordseite dringender gebraucht wurde als hier. „Ihr wartet hier." Kurz dachte er nach. „Wenn ich pfeife, laut pfeife, dann gehen wir zum Angriff über. Ist das klar?"
„Ja, Chief!"

„Okay." Er blickte um den Lieferwagen herum. Kleine Fenster im Haus. Unten alle zerschossen. Oben genauso, aber eines war geöffnet worden. So viel konnte er sehen. Niemand stand da und wollte auf ihn schießen.

Bis zur nächsten Ecke im Zaun war es nicht weit. Aber die Büsche, da hinten am Feldrand, die waren weit weg. Und da musste er hin. Das war der Ort, an dem Mandisi und Lulama standen. Genau, Mandisi hieß der Cousin von Kaiser. Bulelani sah sich noch einmal um und reckte einen Daumen nach oben. Enoch und Sandi erwiderten die Geste. Er rannte los.

Noch bevor er die Ecke erreicht hatte, wusste er, dass ihm keine Gefahr aus dem Haus drohte. Was auch immer dort gerade geschah, sie schossen nicht. Die Männerstimme fiel ihm ein. Die weinende Männerstimme. Sie hatten sie getroffen. Und jetzt berieten sie.

Bulelani war auf dem Weg zu den Büschen und hatte den größten Teil des Weges schon zurückgelegt. Kein Schuss war gefallen. Er lief die letzten Meter aus und hockte sich keuchend hinter einen Strauch. Er war lange nicht mehr gelaufen, warum auch? Kinder liefen. Und Sportler. Und Leute, die vor der Polizei auf der Flucht waren.

Als er sich aufrichtete, blieb seine Jeans an den Dornen im Strauch hängen. Bulelani fluchte. Wo waren Lulama und Mandisi?

Im Haus war alles ruhig. Überhaupt hörte er keinen Ton. Noch nicht einmal Wind. Seine Mutter, die irgendwo bei Queenstown aufgewachsen war, hatte immer gesagt, dass es keine Stille gebe. Irgendwo sei immer ein Tier, das man hören könne. Bulelani hörte nichts. Gar nichts.

Sie könnten da jetzt reingehen, zusammen. Sechs Leute waren sie immer noch, wenn keiner desertiert war. Und dann sehen, wer gewann. Aber vielleicht würden sie dabei auch alle draufgehen.

Nicht gut. Wenn er doch nur mit Ramesh hätte sprechen können. Der Scheiß-Doktor!

„Hey!", kam es ganz leise von irgendwo her. Bulelani zuckte zusammen, obwohl die Stimme vertraut war und der Ton verschwörerisch. Er drehte sich um und erkannte die breite Silhouette Lulamas, der über den Acker angestapft kam. Er war außer Atem, obwohl er ganz in der Nähe gewesen sein musste.

„Chief", sagte er. Dabei fasste er sich an die Schulter. „Sie waren auf einmal hier. Und sie haben geschossen!"

„Wo ist Mandisi?"

Lulama machte eine Handbewegung, die nach hinten zeigte.

„Tot?", fragte Bulelani. „Er ist tot?"

„In den Kopf."

„Scheiße. Wo hat es ihn erwischt?"

„Hier." Lulama machte eine Pause. „Genau, wo du stehst!"

Bulelani sprang zur Seite. „Warum sagst du das nicht gleich?" Er schüttelte den anderen. „Und wo ist er jetzt überhaupt?"

„Ich hab ihn dahin gezogen", sagte Lulama. „Weit genug nach hinten."

„Warum?"

„Damit ihm nicht noch mehr geschieht."

„Hmhm", sagte Bulelani. „Gut gemacht." Lulama war ein Idiot. Ein starker Idiot, aber ein Idiot. Er schaute wieder zum Haus hinüber. Es musste doch eine Möglichkeit geben, die Sache schnell zu Ende zu bringen. „Erzähl mir, was passiert ist!"

„Sie waren hier draußen!"

„Die Leute aus dem Haus?"

„Ja. Und sie haben geschossen."

„Wie viele?"

„Drei, glaube ich."

„Was für Waffen?"

„Ich weiß nicht. Aber …“ Lulama zögerte ein paar Sekunden.

„Was aber?“

„Da war eine Frau dabei.“

„Eine Polizistin?“

„Keine Uniform. Aber der Polizist, der draußen war, ganz am Anfang, der war auch dabei.“

„Aber was ist passiert?“

„Sie waren auf einmal hier draußen. Und dann haben sie auf uns geschossen.“

„Aber wie sind sie rausgekommen?“

„Durch den Zaun, glaube ich.“

„Und woher haben sie gewusst, wo ihr seid?“

„Weiß nicht!“

„Was haben Sandi und Enoch getan?“

„Aufs Haus geschossen? Vielleicht. Weiß nicht.“

„Und Mzoli?“

Lulama schwieg.

„Was ist mit Mzoli?“

„Ich glaube, ihn hat es erwischt. Ihn auch.“

„Hast du es gesehen?“

„Glaube schon!“

„Erzähl mir noch mal, was passiert ist!“

„Sie waren da draußen.“ Lulama zeigte auf die Gruppe von Bäumen, die nicht weit entfernt von der Ecke des abgezäunten Geländes stand. „Und dann haben sie geschossen.“ Und nach einer Pause: „Wir haben auch geschossen.“

„Und? Habt ihr getroffen?“

„Den Polizisten.“

„Ist er tot?“

„Sie haben ihn reingezogen.“

„Und Mzoli?“

„Er ist von da gekommen."
„Und er hat auch geschossen?"
„Klar."
„Und sie haben ihn erwischt?"
„Hmhm. Irgendwann hat er aufgehört."

Das führte zu gar nichts. Bulelani musste selbst sehen, was mit Mzoli los war. Wenn er wirklich tot war, dann blieben nur noch vier Leute und sie brauchten eine ganz andere Strategie. Er holte die Pistole aus dem Hosenbund. „Wenn ich laut pfeife, dann schießen alle. Klar?"

„Hmhm", sagte Lulama. Aber es klang nicht überzeugend für Bulelani.

Er zielte auf ein Fenster im ersten Stock und drückte drei Mal ab. Pamm. Pamm. Pamm. Dann rannte er wieder los.

Es waren mehr als 50 Meter bis zu den Bäumen, und er hoffte, dass die Schüsse zuerst mal für Verwirrung gesorgt hatten. Er konnte ja nicht darauf bauen, dass die im Haus das Feuern ganz eingestellt hatten. Schon gar nicht nach dem, was vorgefallen war, als er versucht hatte, den Scheiß-Doktor anzurufen.

Als er sich hinter einem der Bäume versteckte, klopfte sein Herz, als wollte es zerplatzen. Er musste sich festhalten.

Aus dem Haus waren Stimmen zu hören. Er konnte weder etwas verstehen noch einzelne Stimmen voneinander unterscheiden. Aber Bulelani war sich sicher, dass sie eingeschüchtert waren. Eine Frau war jetzt etwas lauter. Er sah sich um.

Wie oft hatte er Mzoli gesagt, dass es Situationen gibt, in denen man seine gelben Designerhemden zu Hause lässt. Jetzt würde er es auch nicht mehr einsehen. Es leuchtete fast an seinem Körper. Und der Körper lag 20 Meter von dort, wo er stand. Mzoli rührte sich nicht mehr.

Scheiße, dachte Bulelani. Zuerst Kaiser, dann Mandisi, und jetzt Mzoli. Sie waren wirklich nur noch zu viert.

24. AUGUST, 22.58H

„Vermisst Sie denn niemand?", fragte Jayne. Sie tupfte gerade Gcilitshanas Eintrittswunde mit Jodtinktur ab. Der Polizist stöhnte vor Schmerz. Er lag im Gang neben der Treppe auf dem Boden. Jayne drehte ihn auf den Bauch und zerschnitt das Hemd über der Schulter.

Franz und Trixie waren im Badezimmer, wo sie neben Zaks Leiche saßen und trauerten. Von Trixie war nichts hören, aber Franz schluchzte von Zeit zu Zeit tief und lang.

Als sie die Austrittswunde säuberte, atmete Gcilitshana heftig aus. „Erst morgen früh", sagte er. „In meinem Büro."

„Wann ist das?"

„Um acht!"

„Um acht kommt auch meine Maid." Jayne schloss den Verband mit mehreren Heftpflastern und zog Gcilitshana das Hemd wieder über die Schulter. Die Knöpfe ließ sie offen.

„Um acht sind wir vielleicht alle tot!"

„Sie wird versuchen, mich anzurufen. Aber wir haben ja keinen Empfang hier. Zur Polizei wird sie nicht gehen. Was machen Ihre Kollegen?"

Der Polizist setzte sich mit dem Rücken an die Wand unterhalb der Treppe. „Wenn wir alle tot sind, ist das auch egal!"

„Und wenn nicht?"

„Ich weiß es nicht."

„Aber irgendwer hier im Haus muss doch vermisst werden. Der Handwerker hat gesagt, dass seine Mutter irgendwann bei der Polizei anruft."

Gcilitshana nickte. „Und der andere Junge? Der Bote?"

„Und was ist mit den Farmarbeitern? Und Thabo?"

Gcilitshana nickte wieder. Aber was war von den Frauen der Arbeiter schon zu erwarten?

Draußen waren drei Schüsse zu hören. Weder Jayne noch Gcilitshana zuckten zusammen.

24. AUGUST, 23.04H

Vuyo lag neben der Straße und hielt sich das verletzte Bein, als die drei Schüsse fielen. Weit genug weg, um ihn nicht zu bedrohen. Aber das hatte er eben auch gedacht, als er die Schießerei nur beobachten wollte.

Dann hatte er einen Schuss aus dem Haus abgekriegt, und seitdem konnte er sich fast nur noch kriechend fortbewegen. Zwei oder drei Schritte konnte er maximal gehen, dann musste er das rechte Bein wieder entlasten. Und kriechen.

Es war eine Wunde im Oberschenkel. Er hatte noch Glück gehabt, dass die Kugel nicht zwischen seinen Beinen eingeschlagen war. Und es war auch Glück gewesen, dass die Kugel keinen Knochen getroffen hatte. Aber er konnte einfach nicht mehr richtig auftreten.

Vuyo war langsam zur Straße gekrochen, nachdem ihn die Kugel getroffen hatte. Und dann am Rand der Straße entlang Meter für

Meter zum Haus zurück. Als er Stimmen gehört hatte, war er erst einmal liegen geblieben.

Das mit dem Zaun tat ihm jetzt leid. Es war eine blöde Idee gewesen. Er wusste, dass Muller immer Geld in seinem Bakkie aufbewahrte. Im Handschuhfach. Und er brauchte doch so dringend Geld. Er hatte schon drei Monate lang keine Miete mehr für seinen Shack bezahlt. Noch einen Monat, und er würde rausfliegen. Er hatte gedacht, er könnte den Zaun aufschneiden, schnell ein Autoschloss knacken und wieder verschwinden. Aber er hatte nicht an die Hunde gedacht. Gerade einmal ein paar Drähte hatte er mit der Zange gekappt gehabt, als sie schon angerannt kamen. Erst einmal nur um zu sehen, was vorging. Dann hatten sie angefangen zu knurren. Vuyo hatte es mit der Angst bekommen und war weggelaufen, bevor sie gebellt hatten. Völlig durchfroren und um keinen Rand reicher war er in seinem Shack in Ginsberg angekommen.

Und gerade begriff er überhaupt nicht, was hier vor sich ging. Draußen waren Leute, und im Haus natürlich. Die draußen schossen auf die drinnen und umgekehrt. Mehr verstand er im Moment nicht. Er machte sich natürlich Sorgen um seine Mutter. Wenn er nicht verletzt wäre, könnte er zur Polizei laufen und Hilfe holen. Und wenn ihm letzte Woche nicht sein Telefon geklaut worden wäre, könnte er sie vielleicht auch anrufen. Das verstand er sowieso nicht. Der Empfang war hier draußen manchmal schlecht, aber es gab ja noch das Festnetztelefon. Warum also rief niemand die Polizei?

24. AUGUST, 23.04H

Trixie nahm ihren Vater in den Arm. Sie strich ihm die Tränen aus dem Gesicht und richtete sein dünnes Haar. Dann versuchte sie, ihm auf die Füße zu helfen. Aber der alte Mann wollte neben der Leiche von Zak knien bleiben. Hier im Badezimmer. Neben den anderen Toten. Neben der Leiche von Mama.

Er ist wirklich ein alter Mann, dachte Trixie. Jetzt. Seit heute.

Noch als der Angriff begonnen hatte, war Franz Muller, ihr Vater, der Mann, der die Dinge im Griff hatte. Er war als letzter ins Haus geflüchtet und hatte gleich damit begonnen, die Sicherheit aller zu organisieren.

Jetzt war er gebrochen.

Nein, zerbrochen.

Trixie wusste, dass der Mann, den sie gerade im Arm hatte und den sie so liebte, nie mehr die Kraft haben würde, die ihn früher ausgemacht hatte.

Sie umarmte ihren Vater und begann, ebenfalls hemmungslos zu weinen.

24. AUGUST, 23.05H

Es war zwar dunkel am oberen Ende der Treppe. Thabo konnte trotzdem sehen, dass die beiden kleinen Mädchen starr vor Schreck waren. Sie lagen in Betsies mächtigen Armen und waren ruhig, weil es nichts zu sagen gab.

Zak war ein dummer Junge gewesen, aber ein dummer Junge, der schießen konnte, dachte Thabo. Jetzt waren nur noch wenige übrig, die mit den Waffen, die im Haus waren, auch umgehen konnten. Die Mädchen hatten gesehen, wie seine Leiche durchs Haus getragen worden war.

Muller fiel auch aus. Der Polizist war verletzt. Sie hatten gerade mal vier Leute, um die vier Seiten des Hauses zu sichern. Mrs. McKenzie, Cesar, Jo-Jo und ihn.

24. AUGUST, 22.12H

Das Telefon klingelte. Constable Simphiwe Ndwandwa in der Maluti Road Station in King William's Town nahm den Hörer ab und führte ihn betont langsam zum Ohr.

„... nicht nach Hause gekommen. Das macht er sonst nie. Er ist ein guter Junge", sagte die Stimme und machte ohne Pause weiter. „Mr. Bellson kann sich auch nicht erklären, was passiert ist. Er hat ihn ja da abgesetzt, und dann hätte er mit dem Taxi nach Hause kommen sollen. Das hat er schon oft gemacht. Aber jetzt ist er nicht da. Er sagt immer Bescheid. Immer ..."

Constable Ndwandwa hielt den Hörer vom Ohr weg und dachte nach. „Lass die Leute ausreden", hatte einer ihrer Ausbilder auf der Polizeischule gesagt. Gib ihnen Zeit, ihr Anliegen zu formulieren. Aber er hatte auch gesagt, dass man Leute nicht in ihren Zellen verprügelt. Wenn es andere Möglichkeiten gab, sie zu disziplinieren. Nicht alles, was sie gelernt hatte, wurde tatsächlich umgesetzt. So viel hatte Constable Ndwandwa schon begriffen in den zweieinhalb Monaten, in denen sie hier auf der Station arbeitete. Sie hielt den Hörer wieder ans Ohr.

„Hallo?", sagte die Stimme jetzt.

„Hallo", sagte Ndwandwa. „Wie heißen Sie denn?"

Die Frau war Mrs. Majola, ihren Vornamen sagte sie nicht. Ihr Sohn Pule war nicht nach Hause gekommen.

„Was soll ich da jetzt machen? Sonst ruft er immer an, wenn er nicht kommt. Ich habe doch für ihn gekocht. Mr. Bellson sagt ja auch, dass er sehr zuverlässig ist und noch nie etwas gestohlen hat."

„Wer ist Mr. Bellson?"

„Sein Boss!"

„Was hat Mr. Bellson für einen Betrieb?"

„Zäune."

„Zäune."

„Ja, Zäune."

„Stacheldraht und Elektrizität und so was?"

„Ja."

„Damit keine Einbrecher kommen?"

„Ja."

„Wo hat", Constable Ndwandwa musste kurz überlegen, „wo hat Pule denn zuletzt gearbeitet heute?"

„Auf einer Farm."

„Ja, aber wo?

„Ich weiß es nicht."

„Ja, was soll ich denn da machen?"

„Aber Boss Bellson weiß es."

„Warm ruft er denn nicht hier an?"

„Er hat gesagt, dass ich besser mit den schwarzen Polizisten umgehen kann als er. Deshalb sollte ich anrufen."

Constable Ndwandwa blies Luft durch die Nase. „Sagen Sie diesem Boss doch einfach, dass er selbst hier anrufen soll. Ja?"

Als sie den Telefonhörer aufgelegt hatte, kamen Ncita und Twaku zur Tür herein.

„Ist was passiert?“, fragte Twaku.

Constable Ndwandwa schüttelte den Kopf.

24. AUGUST, 23.08H

Er hätte geschossen.

Auf jeden Fall hätte er es getan.

Cesar Mhlaba saß an eine Wand gelehnt im Obergeschoss und zitterte am ganzen Leib. Das Gewehr lag auf seinen Oberschenkeln. Längst sollte er wieder an seinem Platz sein, aber gerade konnte er die Waffe nicht ruhig halten.

Er war ja auch nur eine einzige Sekunde davor gewesen, dem Schwein in den Rücken zu schießen. Sein Finger war am Abzug, als die Schüsse von draußen gekommen waren. Er hatte sich auch auf den Boden geworfen, als der Sohn vom Boss getroffen worden war. Und dann hatte der Bastard da gelegen, und er war schnell aus dem Raum verschwunden. Was hätte er auch machen sollen?

„Cesar? Hey, Cesar!“ Jo-Jo stand vor ihm. „Komm. Wir sollen runterkommen. Besprechung.“

24. AUGUST, 23.12H

Die Schulter tat so weh. Wenigstens bewahrte ihn das davor, noch einmal mit dieser verrückten Frau rauszugehen. Jetzt hatte sie schon wieder eine Versammlung einberaumt. Die Arbeiter waren dafür nach unten gekommen. Und der Handwerker. Gcilitshana fror, als er Jayne McKenzie zuhörte.

„Wir müssen die Fenster bald wieder besetzen. Die sind immer noch draußen“, sagte sie gerade.

„Und wir wissen immer noch nicht, was sie eigentlich wollen?“ Das war das erste Mal, dass der Handwerker etwas gesagt hatte, soweit Gcilitshana sich erinnern konnte.

Niemand antwortete.

Nach einer kleinen Pause redete Jayne weiter. „Wenn wir Franz und Trixie erst mal in Ruhe lassen, dann bleiben nicht mehr so viele.“

„Wir sind immer noch genug für die Fenster.“ Thabo.

„Nicht, wenn wir wieder rausgehen.“ Jayne.

„Ist das nötig?“ Thabo.

„Es ist gefährlich.“ Der Handwerker.

„Hat jemand eine bessere Idee?“ Jayne.

Schweigen.

Trixie kam aus dem Badezimmer heraus und blieb bei der Gruppe stehen. „Wir werden alle sterben.“ Dann ging sie weiter, die Treppe hinauf.

Erneutes Schweigen.

„Da draußen sind noch drei oder vier Leute“, sagte Jayne nach einer Pause. „Und solange es dunkel ist, sind sie im Vorteil. Den müssen wir ihnen nehmen.“

Wieder Schweigen.

„Ich brauche jemanden, der mit mir geht!“

Es war auf einmal ganz leise. Gcilitshana hörte Muller, der immer noch im Badezimmer war. Der Farmer zog die Nase hoch. Im ersten Stock redete eine Frau tonlos. Trixie. Ein Vogel tschirpte.

„Ich komme mit“, sagte jemand. Es war der Foreman.

24. AUGUST, 23.12H

Bulelani blickte auf das Farmhaus. Er war wütend. Nicht, weil Mzoli tot vor ihm lag. Oder wegen Mandisi oder wegen Kaiser. Sondern weil alles anders geplant gewesen war. Alles hätte so einfach laufen können.

Er musste mit dem Scheiß-Doktor reden. Und immer noch kein Signal. Bulelani stapfte in Richtung Westen davon. Hoffentlich musste er nicht schon wieder so weit laufen, bevor er telefonieren konnte.

24. AUGUST, 23.19H

„Muller!"

Der Farmer kam gerade aus dem Badezimmer. Er setzte sich wortlos hin. Gcilitshana legte ihm den unverletzten Arm auf die Schulter.

„Ich weiß", sagte er, „das ist ein schlechter Zeitpunkt. Aber es ist auch einfach eine beschissene Nacht. Das konnte ja keiner von uns so erwarten. Oder?"

Muller antwortete nicht.

„Ich weiß, dass Sie gestraft sind, Muller. Aber irgendetwas... irgendeine Erklärung muss es doch geben! Für das, was hier geschieht."

Muller hob flüchtig die Schultern.

„Keine Idee?"

Kopfschütteln.

„Haben Sie uns wirklich alles gesagt?"

Muller atmete tief ein und langsam wieder aus. „Hören Sie: Ich hab von Beginn an keine Ahnung gehabt, was hier gespielt wird. Wegen mir können die da draußen alles haben, was sie hier finden. Jetzt sowieso."

„Aber was finden die denn hier?"

„40 oder 50.000 Rand. Die Waffen. Bisschen Schmuck, Erbstücke."

Gcilitshana wusste, dass das genug Motivation war, um eine Farm zu überfallen. Aber er wusste auch, dass die Gegenwehr, der sich die Angreifer ausgesetzt gesehen hatten, so stark gewesen war, dass sie den Rückzug hätten antreten müssen. Was nicht passiert war.

„Irgendetwas anderes?" fragte er. „Drogen?"

„Hä?" Muller drehte sich jetzt zu ihm hin. „Unsinn!"

„Ihr Sohn. Oder jemand anderes."

Muller dachte kurz an Vuyo und daran, dass er verschwunden war. Aber Vuyo war ein dünner Hungerleider. Er konnte sich kaum ein paar neue Schuhe leisten. Mit Drogen hatte der nichts zu tun.

24. AUGUST, 23.14H

Ihm war kalt. Das bisschen Tageswärme der Wintersonne war schon lange verschwunden. Und er war fast permanent am Boden.

Vuyo bewegte sich langsam neben der Straße in Richtung Farmhaus. Er wusste, dass er sich so zum Zentrum der Gefahr begab, aber seine Neugier war größer als die Vorsicht. Und vielleicht konnte er ja noch irgendetwas für Mama tun. Muller war ihm egal. Und der Rest der weißen Familie auch. Nach Hause konnte er jedenfalls nicht. So verletzt wie er war.

Er hätte sich verabschieden sollen, als er das Farmhaus verlassen hatte, dachte er. Einfach gegangen war er, als die anderen beschäftigt waren. Es war nicht auszuhalten gewesen. Alle hatten etwas zu tun. Alle folgten einem Programm. So selbstverständlich, so geradeaus. Nur er hatte keinen Job. Und Muller wollte ihm keinen geben.

Woanders gab es auch keine Arbeit. Geld hatte er keins in der Tasche. Es war so frustrierend. Deshalb hatte er nach Hause gewollt am Nachmittag. Der Weg nach Ginsberg war lang. Und ein Taxi konnte er sich nicht leisten. Also war er früh verschwunden. Nur verabschieden hätte er sich sollen.

Mama machte sich bestimmt große Sorgen um ihn. Oder vielleicht auch nicht. Vielleicht war sie froh, dass er weg war. Rechtzeitig entkommen. Wenn auch nicht so rechtzeitig, wie sie vielleicht dachte. Er hatte die ersten Schüsse gehört und war zurückgelaufen. Er hatte sich über den Van am Straßenrand gewundert. Ob der mit dem Überfall zu tun hatte?

Der Dreck der Straße und der Äcker war ihm in die Ärmel gekrochen. Seine dünnen Schuhe waren feucht. Der Nacken tat ihm weh, weil er den Kopf seit Stunden nach oben recken musste.

Waren es wirklich Stunden? Vuyo hatte jedes Zeitgefühl verloren. Da vorn war schon der Zaun.

Wohin konnte er von hier noch? Aus dem Haus heraus wurde geschossen. Auf Leute, die sich hier irgendwo versteckt hielten. Vielleicht sogar ganz in der Nähe.

„Der Chief hat die Dinge nicht mehr im Griff", sagte jemand ganz in der Nähe. „Oder?", fragte dieselbe Stimme ein paar Sekunden später. Tief. Erfahren.

„Hm, ich weiß nicht." Eine andere Stimme. Keine zehn Meter entfernt. Vuyo wagte kaum zu atmen.

„Er hätte uns ruhig mehr sagen können." Die zweite war eine höhere Männerstimme. Ein bisschen singend. „Es ist okay, uns zu einem Job zu holen, den Job zu machen und dann zu teilen. Auch wenn er mehr kriegt als wir. Aber hier ..."

„Einer ist mindestens schon tot. Da muss er uns mehr sagen."

„Was weißt du denn?"

„Dass alles ganz schnell gehen sollte. Ein paar Leute, die wir umlegen und dann schon wieder weg sind."

„Aber mit was?"

„Keine Ahnung."

„Hast du heute irgendwas gesehen, was das sein könnte?"

„Hm. Eigentlich nicht."

„Aber was könnte es sein?"

„Geld?"

„Und warum hier?"

Die beiden Männer hörten auf zu reden. Vielleicht gab es nichts mehr zu sagen. Oder sie mussten nachdenken.

Vuyo hatte keine Berge von Geld gesehen auf der Farm. Aber ihm hätte sie auch niemand gezeigt. Andererseits war dieser Polizist da gewesen, den er noch nie gesehen hatte. Und der Dicke, den er nicht kannte. Er horchte konzentriert in die Nacht, aber die beiden Männer hatten aufgehört zu sprechen.

24. AUGUST, 23.28H

„Wir sind nur zu zweit“, sagte Thabo. Jayne und er saßen im Betzimmer und blickten nach draußen.

„Die sind vier. Glaube ich. Wir haben zwei von ihnen erschossen, als wir draußen waren. Und einen habe ich vorher getötet. Vom Badezimmerfenster aus. Kannst du mit deinem Bein laufen?“

„Geht schon. Ich bin nicht mehr ganz jung, Madam.“

Jayne lachte. „Ist auch schon ein paar Jahre her, als ich in der Schule gewesen bin. Und bitte … sag nicht mehr Madam. Ich bin Jayne.“

„Hmm. Okay.“ Thabo probierte es „Jayne.“ Es fühlte sich nicht richtig an. Und unter anderen Umständen hätte sie es ihm auch nie angeboten. „Wie wollen wir dieses Mal vorgehen? Haben Sie eine Idee?“

„Die anderen kennen das Loch im Zaun jetzt. Entweder wir suchen uns einen neuen Ausstieg, oder …“

„Wenn wir Feuerschutz haben, klappt es vielleicht. Dann sind sie beschäftigt, und wir können es dort wieder versuchen.“

„Ja“, sagte Jayne. „Vielleicht.“ Überzeugt wirkte sie nicht. „Vor allem müssen wir uns aufeinander verlassen können“, sagte sie. „Vertraust du mir?“

Thabo war erschreckt über die Frage. Der Boss hatte so etwas nie von ihm wissen wollen. „Hmhm“, erwiderte er. Und er traute sich nicht, ihr die gleiche Frage zu stellen.

Noluthando ging jetzt voran. Sie lebte so lange auf der Farm, wie die anderen Frauen auf der Welt waren. Lettie ging hinter ihr, mit dem Revolver in der Hand. Jo-Jo hatte ihr vor ein paar Jahren das Schießen beigebracht. Jedenfalls hatte er ihr gezeigt, wie man so ein Ding hält. Die anderen Frauen waren froh gewesen, als Noluthando noch einmal die Episode erwähnt hatte, über die damals alle nur gelacht hatten.

Jetzt ging Lettie hinter Noluthando. Im Dunkeln hatte sie keine Idee, wo sie sich gerade befanden. Princess war hinter ihr, dann folgte Miriam.

„Passt auf", sagte Noluthando. „Dornen."

Das mussten die Brombeerhecken der Nachbarfarm sein. Es war noch ein Stück zu laufen, bis sie am Farmhaus von Boss Muller waren.

Seit sie Yolandas Baracke verlassen hatten, hatte keine von ihnen viel gesagt. Hier mal ein Hinweis auf ein Hindernis auf dem Weg oder eine Anweisung, wie und wo es weiterging. Aber nicht mehr.

Dabei hatte niemand Angst im Dunkeln. Dunkelheit waren sie gewohnt. So oft wie der Strom ausfiel. Und immer diese langen Wege von der Landstraße nach Hause. Sie alle kannten die Gefahren der Dunkelheit. Das war es nicht.

Irgendetwas stimmte nicht. Sie hatten sich darauf geeinigt. Auch ohne darüber zu sprechen. Jede von ihnen wusste es. Und jede von ihnen wusste, dass es um mehr ging als ein verpasstes Abendessen.

„Hier ist es rutschig", sagte Noluthando. „Passt auf!"

24. AUGUST, 22.38H

Sergeant Andile Twaku wischte sich die Hände an der Papierserviette ab. Er dachte an seine Frau, der er versprochen hatte, nach acht am Abend nichts Fettiges mehr zu essen. Wegen dem Gewicht. Aber in seinem Beruf konnte man sich das nicht immer aussuchen. Er konnte den beiden Frauen ja nicht beim Essen zuschauen. Außerdem war der Fisch einfach zu gut. Und ein Bier zu Fish and Chips wäre das Allergrößte gewesen. Aber er war ja im Dienst.

Das Telefon klingelte. Die beiden Frauen waren nicht im Foyer. Twaku wunderte sich, dass der ganze Abend so ruhig verlaufen war. Kaum jemand war bisher in die Station spaziert gekommen. Aber er wusste aus Erfahrung, dass man die Nacht nicht vor dem Morgen loben durfte.

Das Telefon klingelte immer noch.

„Polizei. Maluti Road Station. Twaku."

„Bellson. Ich sollte anrufen."

„Ja? Warum?"

„Wegen meinem Handwerker."

Twaku sah sich um. Er war immer noch allein im Foyer der Station. „Mit wem haben Sie denn gesprochen?"

„Mit der Mutter von meinem Handwerker."

„Ach!"

„Aber sie hat eben doch mit Ihnen gesprochen."

„Sagen Sie mir doch einfach, worum es geht."

Am anderen Ende war erst mal Schweigen. „Also …" Twaku hörte, wie der Anrufer sich sammelte und dann erzählte. Von einem jungen Handwerker, den er an einer Farm abgesetzt hatte. Er hatte mehr Aufträge als Leute und Autos. Alles dringende Sachen. Sofort zu erledigen. Kundenzufriedenheit. Also hatte er den Jungen zur Farm gefahren. Von dort hatte er nach der Arbeit zur nächsten Teerstraße gehen und mit einem Taxi nach Hause fahren sollen. Nur war er nie zu Hause angekommen.

Und, dachte Twaku, was hatte das jetzt mit ihm zu tun?

Der Junge sei immer pünktlich, und das sehe ihm nicht ähnlich, sagte der andere noch. Twaku notierte sich ein paar Einzelheiten und dann die Telefonnummer des Anrufers und dessen Namen. Dann legte er auf. Er legte den Stift zur Seite, stand auf und warf seine leere Fish and Chips-Packung in den Abfall. Dann drehte er sich um und wollte auf die Toilette gehen.

Simonshoek? Der Anrufer hatte Simonshoek gesagt. War da nicht irgendetwas anderes gewesen?

Twaku drückte die Wiederwahltaste und rief den Mann noch einmal an.

24. AUGUST, 23.28H

Bulelani blieb stehen. Vor sich hörte er Stimmen.

Da war ein schwaches Licht von irgendwo her. Er kontrollierte sein Telefon. Kein Empfang.

Kinderstimmen. Ein Mädchen. Eine junge Frau? Bulelani sah die Umrisse von Häusern. Er hatte gar nicht an die Farmarbeiter gedacht. Die armen Schweine. Unter der Kontrolle der Weißen. Kein Supermarkt und kein Liquor Shop in der Nähe. Und bestimmt kein Fernsehempfang.

Er sah das Mädchen, das den Kopf durch die Tür eines Haus steckte. Aber wenn die Häuser hier waren, dann musste doch auch ein Weg in der Nähe sein. Er musste nicht weiter durch Dreck und Geröll stapfen.

Die Gegend wurde allmählich hügelig. Bulelani ging bergauf, in weitem Bogen um die Häuser herum. Je höher er kam, desto besser war die Chance, endlich telefonieren zu können. So viel war klar.

Als er oben angekommen war, blickte er sich um. In der Ferne sah er die Lichter der Stadt. War das wirklich King William's Town? Egal.

Er sah zwei von fünf Balken auf dem Telefon. Endlich.

„Sprechen Sie zu Dr. Ramesh. Er kann den Anruf gerade nicht entgegennehmen. Beeep!"

So eine Scheiße. Er probierte es noch einmal. Und noch einmal.

Der beschissene Doktor war nicht erreichbar. Er hatte nicht mal sein Telefon ausgestellt. Er war einfach nur zugedröhnt. Das Schwein.

24. AUGUST, 23.41H

Lettie hielt die Waffe von sich gestreckt wie ein Stück vergammeltes Fleisch. Sie konnte zwar damit umgehen, ein bisschen jedenfalls, aber sie war es nicht gewohnt, sie in der Hand zu halten. Genau genommen hatte sie nur ein paar Mal so ein Ding angefasst, um zu üben. Jo-Jo hatte gesagt, dass es manchmal darauf ankommt, schießen zu können. Manchmal sagte er: „Das ist ein gefährliches Land."

So weit konnten sie jetzt nicht mehr vom Farmhaus entfernt sein. Die Obstbäume und Beerenhecken der Nachbarfarm hatten sie lange hinter sich gelassen.

„Shhh“, sagte Noluthando, die knapp hinter ihr war. Lettie blieb stehen.

„Ich will nicht, dass du hinter mir bist“, hatte sie eben noch gesagt. „Mit dem Ding musst du vorangehen.“

Als Princess und Miriam aufgeschlossen hatten, sagte Noluthando: „Wir müssen bald da sein.“

„Da ist es schon“, sagte Princess. „Hinter den Bäumen.“

Alle blickten in eine Richtung.

„Wirklich?“ Noluthando.

„Ja.“ Princess.

„Ich kann einfach nicht mehr gut genug sehen. Dann seid leise.“

„Aber es sieht doch ganz friedlich aus.“ Miriam.

„Trotzdem!“

Lettie wusste nicht, wohin mit dem Revolver und verstaute ihn wieder zwischen Pullover und Hüfte. Dann standen sie da und lauschten.

„Sollen wir rufen?“ Princess.

„Nein!“ Noluthando vergaß ihre Freundlichkeit und klang ganz spitz. „Wir gucken uns das erst einmal an!“

Der Wind drehte sich, blies langsam in ihre Richtung. Er brachte aber keine Geräusche mit. Nur einen Geruch von erloschenem Feuer. Vielleicht von einem Barbecue.

„Da ist was.“ Miriam.

Lettie hörte nichts. „Was denn?“

„Es ist …“, sagte Miriam. „Es ist … Ich weiß nicht, aber es hört sich an, als wenn jemand weint. Aber es ist keine Frau. Es ist ein Mann.“

„Cesar hat noch nie geweint.“ Princess. „Noch nicht einmal, als …“

„Seid doch still!“ Noluthando.

Lettie versuchte, den weinenden Mann zu hören. Aber der Wind war jetzt lauter. Und dazu setzte auch noch eine Grille in der Nähe ein.

„Guckt mal.“ Miriam. „Da liegt etwas.“

Die anderen drei Frauen blickten sich um und versuchten zu sehen, was Miriam gesehen hatte.

„Es ist gelb!“ Princess ging darauf zu. Die anderen folgten.

Plötzlich zog Princess scharf den Atem ein und blieb stehen. „Der ist tot!“

Alle vier beugten und knieten sich um die Leiche des Mannes. Keine sagte ein Wort. Instinktiv nahm Lettie den Revolver wieder aus dem Pulloverbund. Diese Leiche hatte ein dunkles, blutiges Loch in der Brust. Und sie war noch nicht kalt.

„Okay“, sagte Noluthando und stand langsam wieder auf. „Das hier ist anders, als ich mir das vorgestellt habe. Wir sollten von dem gelben Fleck wegkommen. Sofort.“

24. AUGUST, 23.38H

Trixie versuchte, leise zu singen. Die Mädchen sollten unbedingt schlafen. Schließlich wurde gerade nicht geschossen.

Aber ihre Stimme wollte einfach nicht funktionieren.

Es war dunkel in dem Gästezimmer. Trotzdem spürte sie, dass die Mädchen sie ansahen.

„Wo ist Grandma?“, fragte Britney.

„Grandma schläft“, sagte Trixie. „Sie kommt gleich wieder zu euch.“

24. AUGUST, 23.42H

Jo-Jo war nicht ganz wohl. Hier war eben der Sohn vom Boss erschossen worden. Und jetzt musste er hier sein. Er wusste noch nicht einmal, wofür.

Naja, schon um sein Leben zu retten. Sein eigenes. Und das von Cesar, und das von Thabo. Okay, und das von Betsie noch.

Er legte das Gewehr auf den Fensterrahmen und kniete sich auf den Boden dahinter. So war er relativ gut geschützt. Aber er wollte nicht dabei sterben, wie er den Boss rettete. Der Boss würde ihn auch nicht retten.

Andererseits wäre es gut, wenn der Boss nicht tot wäre. Schließlich bezahlte er sie. Am besten, alles wäre vorbei.

Dahinten war ein Fleck im Dunkeln. Er musste die Augen zusammen kneifen, um so weit sehen zu können. Aber er war sich sicher. Es leuchtete wie eine Plastiktüte auf der Wiese. Und es war gelb.

Und da war Bewegung drum herum. Er sah etwas besser jetzt. Vielleicht konnte er jetzt dafür sorgen, dass diese Nacht tatsächlich bald vorbei war.

Jo-Jo hatte noch nie ein Gewehr mit einem Zielfernrohr benutzt. Jetzt drückte er das rechte Auge ans hintere Ende des Metallrohrs. Und suchte. Er brauchte eine Weile, bis er die Gruppe im Visier hatte. Es waren drei Schatten. Nein, vier. Und sie hockten um das Gelbe herum.

„Da hab ich einen von denen erwischt.“ Thabo zeigte aus dem Fenster von Zaks Zimmer. „Er war auf jeden Fall tot. Und dann muss er weggeschafft worden sein.“

Jayne und er hatten ein paar Minuten nach draußen gestarrt, ohne zu reden. Zum ersten Mal spürte er Angst bei dieser Frau.

„Hmhm“, sagte sie jetzt. „Da war noch einer. Einen haben wir dort hinten erledigt. Sah aus wie ein Clown. Aber dort“, sie zeigte in die andere Richtung, nach Osten, „dort sollten auch noch welche sein. Wenn sie sich nicht längst neu verteilt haben. Aber …“ sie lehnte sich aus dem Fenster und blickte nach Osten. „Ach, ich wüsste gern, wie die sich aufteilen.“

Thabo sagte nicht, dass er den Gelben erschossen hatte.

Jayne begann auf und ab zu gehen. „Wenn wir den Führer der Gruppe ausschalten, dann ist die Gruppe auch kaputt. Was meinst du, wie die organisiert sind?“

Thabo hatte noch nie ein Farm überfallen und auch keine Bank und keinen Supermarkt. Aber über eine Sache war er sich klar: „Irgendwer wird sich die Sache ausgedacht haben und andere Leute angeheuert haben. Das ist der Boss von dem Unternehmen. Aber was ist, wenn der längst tot ist. Vielleicht haben wir den ja schon ausgeschaltet.“

Jayne setzte sich auf das Bett. Thabo dachte an Zak, der letzte Nacht noch darin geschlafen hatte. „Immerhin gibt es schon eine ganze Weile keine Schüsse mehr“, sagte er.

„Möglich“, sagte Jayne, „ja. Aber ich glaube es nicht.“

„Warum nicht?“

„Es hat eine Weile gedauert bis zu den letzten Schüssen. Eigentlich ganz schön lange. Wenn wir den Anführer bei unserem ersten Ausflug erledigt hätten, dann wären sie bestimmt schon abgezogen.“

„Und wie gehen wir jetzt vor?“
„Ich würde gern auf der anderen Seite rausgehen. Auf der Wohnzimmerseite.“
„Aber da gibt’s keine Bäume zum Schutz.“
„Trotzdem kommen wir da raus“, sagte Jayne. „Vielleicht ist es dort sogar noch sicherer für uns.“

24. AUGUST, 22.49H

Er hatte dem Mann nicht zugehört. Aber er hatte immerhin zurückgerufen.
Sergeant Andile Twaku hatte schon die zweite Vermisstenmeldung, die mit dieser Farm zu tun hatte. Simonshoek. Er stellte sich vor die Landkarte der Gegend. King William’s Town war darauf zu sehen mit seinen Townships, das kleine Bhisho, die Hauptstadt des Eastern Cape, und weitere Orte wie Zwelitsha und Breidbach, und noch die ganze Umgebung mit den vielen Dörfern und Farmen.
Simonshoek war eine große Farm. Er war einmal dort gewesen, Twaku erinnerte sich, aber wegen was eigentlich?
Die beiden Frauen kamen wieder herein. Zur gleichen Zeit öffnete sich die Außentür. Ein dünner alter Mann schaute herein. Dann stieß er die Tür weiter auf und kam zum Tresen.
Twaku griff zum Telefonbuch, während Ndwandwa sich dem alten Mann widmete.
Er wählte die Nummer, die er gefunden hatte. Das Telefon der Farm war tot.

Er zog sein Mobiltelefon aus der Hosentasche und drückte ein paar Tasten. „Eita!" sagte an der anderen Seite Constable Magwaca.

„Hör mal", sagte Twaku. „Habt ihr irgendwas zu Simonshoek?"

„Warum fragst du?"

„Hier sind zwei Vermisste gemeldet worden."

„Zwei? Wow. Wir haben auch einen davon."

„Welchen?"

„Warte, ich muss nachsehen. Da ist ein Zettel irgendwo ... einen Moment noch ... Hier ist er. Phumezo Mrwetyana. Ein Quick Trans-Bote."

Twaku stützte sich an der Wand ab. „Das ist keiner von unseren."

24. AUGUST, 23.48H

Jo-Jo fokussierte immer noch die vier Gestalten, die um den gelben Flecken auf dem Boden herumstanden. Hatte Mrs. McKenzie nicht gesagt, dass es wohl noch vier Leute seien, die da draußen darauf warteten, dass hier im Haus alle tot seien und sie sich holen konnten, was sie suchten?

Er konnte das jetzt vielleicht alles beenden.

Jo-Jo versuchte, ganz ruhig zu sein, als er durch das Zielfenrohr blickte. Vier Figuren, schon richtig. Aber irgendetwas stimmte da draußen nicht. Wenn das Bild, das er sah, keine optische Täuschung war, dann trugen mindestens zwei der vier Gestalten Röcke. Das waren Frauen. Und die anderen beiden auch. Eine der beiden anderen hatte eine Silhouette, die ihn an Lettie erinnerte.

Er nahm den Finger sofort vom Abzug.

Bulelani ging den Hügel erneut hinauf. Er war schon auf dem Weg zurück zum Farmhaus gewesen, als ihm eine Idee gekommen war. Zuerst versuchte er noch einmal, den Doktor zu erreichen.

„Sprechen Sie zu Dr. Ramesh. Er kann den Anruf gerade nicht entgegennehmen. Beeep!"

Dann suchte er eine andere Nummer.

„Ja!"

„Pastor, hey. Bulelani."

„Mein Freund. Worum geht's?"

„Da ist ein Problem. Brauchst du Kleingeld?"

„Würde lügen, wenn ich sagen würde, dass nicht."

„Hör mal. Wir sind hier ein bisschen außerhalb. Einfache und schnelle Sache. Haben wir gedacht."

„Erzähl mir mehr."

„Diamanten. Gestern geliefert, und heute in der Nacht irgendwann abgeholt. Ein Helikopter bringt sie nach Maputo."

„Wenn wir sie nicht abfangen!"

„Genau."

„Und wer steckt dahinter?"

„Ich weiß nicht alles. Aber ein alter Farmer soll dahinter stecken. Sein Sohn macht in Diamanten. Und dann ist da jemand aus der lokalen Regierung, der das schnell außer Landes bringt."

„Wenn wir das nicht abfangen!"

„Ja."

„Warum hat das nicht so geklappt, wie du dir das vorgestellt hast?"

„Keine Ahnung. Da waren auf einmal mehr Leute, als ich dachte."

„Und wo kann ich helfen?"

„Wenn du kommst, stürmen wir die Farm. Wir holen uns, was wir wollen, und verschwinden. Du darfst natürlich nicht allein kommen."

„Wie viele seid ihr?"

„Vier."

„Wie viele wart ihr?"

„Sieben."

„Wenn wir zu viert kommen?"

„Das ist es."

Bulelani erklärte Pastor, wie man zum Farmhaus kam.

24. AUGUST, 23.41H

Cesar hoffte, nicht schießen zu müssen. Und auch, dass überhaupt alles vorbei war. Aber er hatte nicht ablehnen können. Sie waren ja nur noch wenige. Deshalb war er jetzt im Betzimmer und schaute durch das Zielfernrohr.

Er starrte in die Dunkelheit. Der Mond war hinter den Wolken hervorgekommen. Ein paar Minuten zuvor. Konturen waren zu sehen.

Er sah weites Land in grauen Tönen. Die Bäume und Sträucher an der Straße. Und ein Krokodil. Ganz nah an der Straße.

Cesar konzentrierte sich. So ein Unsinn. Vorderpfote, Hinterbein, Vorderpfote ... und nachziehen. Und wieder. Vorderpfote, Hinterbein, Vorderpfote, nachziehen. Das war kein Krokodil. Das war ein Mensch.

Die Farben waren es, die nicht zum Rest der Szene passten. Es war schwer, sie genau zu bestimmen. Aber jetzt erkannte er das

Weiß oder Hell an den Füßen, ein Rot oder Grün, er war sich nicht sicher, am Oberkörper, Grau darunter. Er bewegte den Finger zum Abzug.

Das Krokodil bewegte sich in kleinsten Schritten weiter. Ein Schuss, und es würde aufhören, sich zu bewegen. Wenn er traf. Er hatte nur drei oder viel Mal überhaupt eine Waffe benutzt. Aber der Gedanke war erregend. Und jetzt konnte er das Krokodil von seinem Leben befreien. Er bekam einen steifen Schwanz.

24. AUGUST, 23.03H

„Wenn das Telefon kaputt ist, dann heißt das noch gar nichts. Bei mir zu Hause passiert das dauernd."

Sergeant Twaku konnte Inspector Robbie van Vuuren nicht leiden. Aber in dem Punkt hatte er recht.

Van Vuuren war der ranghöchste Polizist, der diese Nacht Dienst hatte in King William's Town. Und bei der Telefonkonferenz hatte er das letzte Wort. Van Vuuren war schwarz, aber nicht richtig. Irgendwo in seinem Stammbaum war ein weißes Element. Seine Haut war zu hell. Und dann sein Name. Ein Burenname. Sie machten regelmäßig Witze über ihn.

„Was können wir denn tun?", fragte Twaku. „Jetzt in der Nacht."

„Rausfahren!", sagte van Vuuren.

Die Constables Magwaca auf van Vuurens Seite und Ncita auf seiner waren auch an der Konferenz beteiligt. Ein paar Augenblicke lang sagte niemand einen Ton.

Ncita durchbrach das Schweigen. „Fahrt ihr oder fahren wir?"

„Wir sollten beide einen Wagen schicken," sagte van Vuuren.

„Warum, Chief?“, fragte Magwaca.

„Ein Gefühl.“

„Was für ein Gefühl?“, fragte Twaku.

„Hm, das Gefühl, dass da draußen irgendetwas überhaupt nicht in Ordnung ist.“

„Und wie gehen wir ran? Waffen entsichert?“, fragte Twaku.

„Waffen entsichert!“, sagte van Vuuren.

24. AUGUST, 23.54H

Er war der Straße gefolgt.

Mehr ein Weg. Aber immerhin konnte ein Auto hier fahren. Vorsichtig. Zweimal hatte er sich den linken Fuß ein wenig vertreten in den vielen Löchern.

Buleleni war sicher, dass es nicht mehr weit war bis zum Farmhaus. Aber genau wusste er es nicht. Außerhalb der Stadt zu sein irritierte ihn immer. Wie sollte man sich hier orientieren?

Bald sollte er sich aber auch von der Straße weg bewegen. Er wusste nicht, was in der Zwischenzeit geschehen war. Erst die Situation begreifen, dann sie kontrollieren. Dann auf Pastor und seine Leute warten. Kurzen Prozess machen. Er würde niemanden am Leben lassen. Auch keine Kinder. So viele von den Security-Leuten konnten ja auch nicht im Haus sein.

Vielleicht würde er die Kinder doch verschonen.

Ein dumpfes Geräusch in der Ferne. In ganz, ganz weiter Ferne. Aber seltsam genug, um stehenzubleiben und zu lauschen.

Bulelani machte instinktiv zwei Schritte weg von der Straße und versteckte sich hinter einem alten Baum.

Er hatte das Geräusch schnell akzeptiert als das, was es war. Aber es dauerte noch eine und dann noch eine Sekunde und dann noch eine, bevor Bulelani das Wort Helikopter für sich formulieren konnte.

Das Geräusch wurde langsam zum Lärm, und er fragte sich, wo der laute Heli niedergehen würde. Er reckte den Kopf nach oben und sah, wie der spärlich beleuchtete Hubschrauber über ihn und auch über das Farmhaus hinweg flog. Oder in jedem Fall über die Gegend, in der er das Farmhaus vermutete.

Bulelani sah den Lichtern am Himmel hinterher. Plötzlich verringerte der Heli die Geschwindigkeit. Blieb in der Luft stehen. Und landete jenseits seines Horizonts.

Jenseits des Horizonts war auch jenseits des Farmhauses. Weit davon entfernt.

Südafrika war ein freies Land. Und Helikopter konnten landen, wo immer sie wollten. Er wusste nicht so viel darüber, wie viele von den Dingern es überhaupt im Eastern Cape gab. Aber eines wusste er: Es wahr unwahrscheinlich, dass zwei Helikopter in derselben Nacht im gleichen Gebiet nahe King William's Town landen würden.

Irgendetwas war falsch gelaufen.

24. AUGUST, 23.53H

Betsie, Trixie und die Mädchen waren wieder im Betzimmer. Cesar schaute immer noch nach draußen. „Alles wird gut!", sagte Thabo, mehr zu den Frauen und Mädchen als zu Cesar, und schloss die Tür. Er hatte das in einem Film gesehen. Der Held hatte etwas

Ähnliches gesagt und war dann rausgegangen, Bösewichter jagen. Mel Gibson. Oder Bruce Willis. Und genau das würden sie jetzt auch tun. Die Bösen jagen. Ihm wurde ganz schlecht, wenn er daran dachte, gleich die Tür zu öffnen und... was eigentlich? Darauf zu warten, dass die da draußen ihn abknallten.

Mrs. McKenzie wartete auf ihn in der Tür zu Zaks Zimmer. Es würde für ihn immer Zaks Zimmer bleiben, auch wenn er jetzt nicht mehr lebte.

„Ist schon okay", sagte der Bote, der an die Wand des Zimmers gelehnt saß. „Mir geht es nicht so schlecht." Thabo hatte seinen Namen schon wieder vergessen.

Der andere Junge stand am Fenster. Der wegen dem Zaun gekommen war. Er hielt die Pistole wie einen Löffel. Er hatte garantiert noch nie geschossen. Jayne stellte sich kurz hinter ihn, streckte sein Kreuz und half ihm, zu zielen. Mehr konnte sie nicht tun.

Ein Helikopter flog über die Farm hinweg. Der Lärm verebbte schnell wieder.

Jo-Jo kam ihnen entgegen. „Da draußen sind noch mehr..."

„Noch mehr?" McKenzie.

„Lettie." Jo-Jo.

„Wer ist Lettie?" McKenzie.

„Wo ist Lettie?" fragte Thabo. „Sie ist bestimmt zu Hause."

„Sie ist da draußen", sagte Jo-Jo. „Und sie ist nicht allein."

„Wir müssen noch weiter zurück." Noluthando sprach ganz leise. „Ich weiß nicht, was da gerade passiert. Aber hier sind wir vom Haus aus zu sehen. Und ob da alles in Ordnung ist… das weiß ich auch nicht. Kommt."

Lettie folgte Princess und Miriam zu einem kleinen Felsen, hinter dem sich Noluthando schon duckte.

„Wer war das?" fragte Princess.

„Wen meinst du?" Miriam.

„Der Gelbe!"

„Seid mal ruhig!" Noluthando.

Alle vier Frauen hockten hinter dem Felsen, der nur halb so hoch war wie sie. Lettie sah das Farmhaus als großen dunklen Schatten. Links davor die Apfelbäume. Auch links davon und weiter weg eine Reihe von Büschen. Und im Vordergrund das gelbe Hemd, das in der Dunkelheit so leuchtete.

„Okay", sagte Noluthando. „Da liegt ein Toter. Er ist erschossen worden. Nahe am Farmhaus, aber nicht innerhalb des Zaunes. Was hat das zu bedeuten?"

Lettie dachte an eine Geschichte, die ihr ihre Schwester erzählt hatte. Sie lebte auf einer Farm in der Nähe von Queenstown. Eine Freundin ihrer Schwester hatte ihren Job verloren, als der Farmer und seine Frau bei einem Überfall erschossen worden waren. Leute waren in der Nacht gekommen, hatten die beiden in den Kopf geschossen und das Haus ausgeräumt. Es war kurz vor dem nächsten Payday gewesen. Aber sie hatten keinen Rand mehr gesehen.

Irgendwie erinnerte sie sich jetzt daran. Aber hier lagen die Dinge ja anders. Und mit der Farm hatte der Gelbe nichts zu tun. Sowieso war Payday gerade vorüber.

Ein dumpfer Lärm kam von irgendwo. Schnell wurde er lauter. Keine der Frauen sagte mehr einen Ton, alle schauten in die Luft und dem Helikopter hinterher. Im Film, dachte Lettie, würde der jetzt hier landen und alle retten. Alle Guten.

„Ein Überfall", sagte Princess, als der Lärm vorüber war. Jaja, dachte Lettie, was sollten sie sonst auf die Frage antworten?

„Und was ist passiert?" Noluthando.

Keine antwortete. Es war ganz leise.

„Und wo sind unsere Männer?"

Wieder antwortete keine. Lettie hatte Jo-Jo bisher nicht in Gefahr gesehen. Aber der Mann mit dem gelben Hemd ... war niemand von der Farm. Ihr wurde plötzlich ganz kalt. Aber warum waren ihre Männer verschwunden? Und wenn sie im Haus waren, warum war das Haus dann so dunkel?

„Vorsicht!" Princess duckte sich noch tiefer hinter dem Felsen.

„Was ist los?" Noluthando.

„Da ist einer!" Princess war so leise, dass sie kaum noch zu verstehen war.

Zwischen den Bäumen bewegte sich eine große Gestalt. Von Baumstamm zu Baumstamm. Er benutzte den Schutz, den die Bäume boten, um vom Haus nicht gesehen zu werden. Dann rannte er weiter und hockte sich neben das gelbe Hemd.

24. AUGUST, 23.41H

Pastor blickte sich in der Shebeen um. Er sah ein paar Leute, mit denen er früher Geschäfte gemacht hatte. Einigermaßen verlässlich, aber zu betrunken. Mit Crazy hatte er ein paar alte Frauen ausgenommen, die gerade ihre Rente abgeholt hatten. Kein schlechtes Geschäft eigentlich, aber als eine von ihnen beim Sturz gestorben war, hatten sie die Sache aufgegeben. Crazy hätte die alte Frau auch nicht unbedingt auf den Kopf schlagen müssen, damals. Gerade hatte er Mühe, seine Bierflasche zu halten. Willis, der neben Crazy stand, war immer dann gut, wenn geschossen wurde. Aber er guckte gerade dem Mädchen, das ihm gegenüber stand, in den Ausschnitt. Er hatte andere Interessen im Moment. Das musste man respektieren.

Pastor ging raus, setzte sich in seinen neuen Golf und begann zu telefonieren.

24. AUGUST, 23.39H

Sergeant Andile Twaku bremste den Ford laut vor der Station in der Alexandra Road. Constable Ncita war nicht angeschnallt. Sie musste sich auf der Konsole abstützen und schaute ihn vorwurfsvoll an.

„Und?", fragte Inspector van Vuuren. Er stand schon vor der Tür der Station, Constable Magwaca neben ihm.

„Und?", sagte Twaku. „Wahrscheinlich ist gar nichts. Stromausfall auf der Farm. Der Saatgutvertreter lässt sich irgendwo einen teuren Wein servieren. Der Bote vögelt irgendein Mädchen. Und der andere … der macht halt irgendetwas anderes."

„Ja, sicher", sagte van Vuuren. „Aber es ist doch ein bisschen viel. Drei Vermisste."

„Deshalb fahren wir ja auch raus", sagte Twaku. „Aber wie wollen wir vorgehen?"

„Wir machen die Scheinwerfer aus, bevor wir die Farm erreichen“, sagte Constable Magwaca.

„Hmhm“, sagte van Vuuren.

„Aber wir sind die Polizei“, sagte Twaku. Es gab keinen Grund, sich zu verstecken, dachte er. „Es gibt keinen Grund für uns, dass wir uns verstecken“, sagte er dann.

„Scheinwerfer an?“ Ncita.

„Scheinwerfer an.“ Van Vuuren.

„Also … wir fahren vor, haben die Waffen in der Hand, und was dann?“ Ncita.

„Wir sehen uns um“, sagte van Vuuren.

„Blaulicht auch?“, fragte Ncita.

„Ist dann wahrscheinlich sinnvoll.“ Van Vuuren.

Zwei Minuten später saßen Twaku und Ncita in ihrem Ford. Van Vuuren und Magwaca folgten ihnen in einem älteren Nissan. Beide Autos fuhren mit Blaulicht.

24. AUGUST, 23.59H

„Du musst, Franz!“ Jayne kniete neben dem Farmer auf der Treppe. Sie nahm seinen Kopf in die Hand und dachte, dass sie das nie getan hätte, wenn Rosie noch am Leben gewesen wäre. Was für eine intime Nähe.

„Du musst. Wer soll es denn sonst tun?“

Muller rührte sich nicht.

„Komm, Franz“, sagte Jayne und zog Muller mit der Hand von der Stufe. Thabo stand am Rande und schaute zur Seite.

Jayne zog Muller treppauf und in das Badezimmer im ersten Stock. Mullers bestes Gewehr lag dort schon unter dem Fenster.

„Wir gehen da gleich raus, Franz. Und du musst uns beschützen. Verstehst du das?“

Muller nickte.

Das war mehr, als Jayne erwartet hatte. „Du wirst uns gleich sehen. Von hier. Und von dir hängt ab, ob wir überleben.“

Dann erklärte Jayne Franz, was er zu tun hatte.

25. AUGUST, 00.02H

Lettie streckte den Arm mit der Pistole aus und zielte. Sie war sich nicht sicher, ob sie den Mann treffen konnte. Aber ganz sicher würde er ihnen nicht näher kommen.

Sie spürte eine Hand auf dem Arm und sah Noluthando ins Gesicht. Trotz der Dunkelheit konnte sie die Anspannung auf dem Gesicht der älteren Frau erkennen. Sie schüttelte den Kopf.

„Was machen wir denn nach dem Schuss?“, flüsterte Noluthando ihr ins Ohr.

Der Mann erhob sich wieder, aber anstatt wieder zurückzugehen, hockte er sich hinter den Busch, unter dem das gelbe Hemd lag.

Es waren höchstens 25 Meter von dem kleinen Felsen, hinter dem die Frauen verborgen waren, bis zu dem Busch.

25. AUGUST, 00.08H

Bulelani sah den dunklen Umriss des Farmhauses und blieb stehen. Er hatte keine Lust, über Mzolis Leiche zu stolpern. Doch genau das würde passieren, wenn er den Weg zurückging, den er gekommen war. Auf der anderen Seite des Hauses lag Kaisers Körper. Genauso tot. Genauso unangenehm, ihn zu sehen.

Er litt nicht darunter, dass Kaiser tot war. Oder Mzoli. Aber beide erinnerten ihn daran, wie viel hier bislang schiefgegangen war.

Bulelani entschied sich für die Tour entlang der Vorderfront. Und für Kaiser.

25. AUGUST, 00.06H

Von der großen Fensterscheibe war nicht viel übrig geblieben. Ein paar Zacken ragten aus dem Rahmen hervor, von dem auch nicht viel geblieben war. Jayne und Thabo lagen auf dem Bauch auf Glas- und Holzsplittern und blickten nach draußen. Jayne zeigte auf den zerstörten Polizei-BMW. „Wir müssen zwischen den Wagen und den Zaun." Was sie nicht sagte, war, dass hinter dem Zaun irgendwo der gestanden hatte, von dem sie glaubte, er sei der Anführer.

Jayne und Thabo schwiegen eine Weile.

„Ich glaube", sagte Jayne dann, „dass es hinter dem Auto sogar sicherer ist als auf dieser Seite. Für manche von denen sind wir dann nicht mehr sichtbar."

Sie robbten unter dem Fenster entlang und erhoben sich. Thabo öffnete die Holztür zur Terrasse. Leise. Dann zog er sie langsam auf. Dabei blieb er hinter der Tür verborgen. Jayne hockte mit dem Gewehr im Anschlag im Raum und zielte auf die Öffnung. Als sich draußen nichts rührte, gingen beide wieder zu Boden und bewegten sich langsam aus dem Haus hinaus. Die Tür ließen sie offen.

25. AUGUST, 00.11H

Er roch Kaiser, bevor er ihn sah.

Das war nicht normal, dachte er. Normal war, dass es bei jeder Konfrontation Opfer auf beiden Seiten gab. Wie bei dem Überfall auf den Geldtransporter vor zwei Jahren. Oder waren es drei? Zwei der Wachleute waren sofort tot. Aber der dritte war zäh gewesen und hatte nicht aufgehört zu schießen. Am Ende war es allein Bulelani gelungen, zu entkommen. Gerade so. Und ganz ohne Beute.

Die Leichen der anderen hatte er nie wieder gesehen. Die waren später von der Polizei aufgesammelt worden. Ihre Bilder waren in der Zeitung gewesen. Das war alles normal. Dass er jetzt über Kaisers Leiche hockte, war es nicht.

Bulelani befingerte den Körper. Er wich kurz zurück, als er auf etwas Nasses stieß. Das musste Blut sein. Tastete ihn weiter ab. Griff in die Hosentasche. Hier war es auch nass. Das war kein Blut. Er zog eine Geldbörse hervor und steckte sie in die eigene Hosentasche. Dann drehte er Kaiser um und nahm die Pistole aus dem Hosenbund. In der Jacke fand er auch ein Reservemagazin.

Sie muss einen starken Glauben haben, dachte Thabo, als er hinter Mrs. McKenzie herrobbte. Und sie war viel schneller als er. Bestimmt war sie fit. Irgendwann hatte er in einem Gespräch zwischen dem Boss und dessen Frau gehört, dass sie viel Sport machte. Und sie hatte zwei gesunde Beine. Bei ihm war jede zweite Bewegung am Boden etwas langsamer und kürzer.

Die McKenzie saß schon mit dem Rücken am BMW, als er den Wagen erreichte. Das Gewehr hatte sie schussbereit in den Händen. Thabo setzte sich neben sie.

Er hatte Angst. Und er dachte an Noluthando. Was mochten eigentlich die Frauen jetzt tun? Es war überhaupt keine Zeit gewesen, an sie zu denken. Es war bestimmt bald Mitternacht. Und sie waren ja zu viert hier.

Zu dritt eigentlich nur noch. Armer Sipho, dachte Thabo. Arme Miriam. Allein mit den Kindern.

Im Ernst. Was mochte seine Frau tun, wenn er nicht nach Hause kam? Es war nicht irgendwie zu spät. So etwas war ihm nie zugestoßen. Fast nie jedenfalls. Würde Noluthando zum Farmhaus kommen? Und die anderen?

Hoffentlich nicht.

Thabo sah hoch zum Haus. Im Badezimmerfenster erkannte er ein schwarzes Metallrohr. Dahinter stand der Boss. Mrs. McKenzie hatte gesagt, dass sie auf ihn warteten.

Miriam stand Wache und lugte über den Felsen. Die anderen drei Frauen hatten sich hingesetzt und redeten so leise sie konnten.

„Also, es ist Nacht“, sagte Lettie und nahm die Waffe in die andere Hand. „Der gehört hier nicht hin. Er versucht, nicht aufzufallen. Und er hat mit dieser Leiche zu tun. Also müssen wir etwas tun. Denn was immer er tut, ist nicht gut für uns.“

„Aber wie?“, fragte Noluthando. „Alles, was wir tun können, kann man ja hören. Wir können versuchen, ihn gefangen zu nehmen. Dann gibt es entweder viel Geschrei oder er ist bewaffnet und es wird noch lauter. Und wir wissen ja nicht, was im Haus los ist.“

„Der wartet nicht darauf, beim Boss zu fragen, ob es Arbeit gibt“, sagte Princess. „Ich finde, wir sollten ihn erschießen.“

„Und dann?“ Noluthando.

„Dann … werden wir sehen.“ Princess.

„Und unsere Männer?“ Noluthando.

„Im Haus!“ Princess.

„Und wenn nicht?“ Noluthando.

„Wo sollen sie denn sonst sein?“ Princess.

„Wartet mal“, sagte Lettie. „Wenn unsere Männer im Haus sind, dann ist das schon komisch. Die sind sonst nie da drin.“

„Thabo ist schon manchmal mit dem Boss drin,“ sagte Noluthando. „Aber die anderen normalerweise nicht. Je länger wir reden, desto besser finde ich die Idee, ihn zu erschießen.“

„Aber was“, fragte Lettie, „wenn ich ihn nicht treffe?“

„Reiß dich zusammen!", sagte Franz Muller zu sich selbst, als Jayne und Thabo auf das zerschossene Auto zu krochen. Er hatte in der vergangenen Stunde versucht, an Gott zu denken und die Verbindung nicht gefunden. Dann hatte er an Selbstmord gedacht, aber ihm war Gott wieder eingefallen und auch, dass Selbstmord unchristlich war. Dann hatte er ganz kurz erwogen, rauszugehen mit ein paar Waffen und aufzuräumen, einfach alle zu erledigen. Um sich selbst hatte er sich keine Sorgen gemacht dabei. Jetzt hatte ihm Jayne eine Aufgabe zugeteilt. Vielleicht war das das Beste, was ihm passieren konnte.

Thabo erreichte das Auto. Muller sah, dass sein Vorarbeiter Mühe hatte, sich auf dem Boden umzudrehen mit dem kaputten Bein. Aber Thabo war ein harter Hund. Hart gegen sich selbst und gegen andere. Muller erinnerte sich an eine Episode, die ihm lange nicht mehr in den Sinn gekommen war. Sie waren aus einem Baumarkt in East London gekommen und Thabo hatte einen Jungen festgehalten, den jemand als Dieb bezeichnet hatte. Erst hatte er ihm ein Bein gestellt, so dass der Junge hingefallen war. Dann hatte er ihn gegen den Bakkie geworfen und so mit dem neuen Besen malträtiert, den sie gerade im Laden gekauft hatten, dass dem Jungen das Blut vom Kopf gelaufen war. Irgendwann hatte er den Jungen dann mit dem steifen Bein in die Kniekehle getreten und ihm gesagt, er solle verschwinden.

Was hatte Jayne gesagt? Wenn wir das Auto erreicht haben, gib uns ein bisschen Zeit. Wenn nicht auf uns geschossen wird, dann bleiben wir eine Weile ruhig, bevor es weitergeht. Jetzt war Jayne schon wieder auf den Knien und blickte um den Polizeiwagen herum.

Muller atmete tief durch und tat, was ihm Jayne aufgetragen hatte. Er richtete das Gewehr so, dass er über den Zaun schoss. Dann gab er Schuss um Schuss ab. „Tschang, tschang, tschang“, hatte Jayne gesagt. „Jede Sekunde einen etwa. Und beweg das Gewehr von rechts nach links und zurück. Das ist die beste Methode.“

25. AUGUST, 00.14H

„Komm hinter mir her!“, sagte Jayne zu Thabo. Sie bewegte sich auf allen vieren um das Auto herum, das Gewehr in der rechten Hand.

Hinter dem Zaun sah sie nicht viel. Dunkelheit, ein paar Schatten, Sträucher, die paar Bäume, die stehen gelassen worden waren. Sie wartete angespannt, Muller musste jede Sekunde loslegen. Was hielt ihn auf? War es ein Fehler gewesen, ihn wieder einzubeziehen nach den Todesfällen?

Tschang, tschang, tschang, tschang. Da war endlich das hohe Geräusch der automatischen Waffe. Jayne sprang auf und rannte die kurze Distanz bis zum Zaun. Dabei holte sie die kleine Zange aus der Hosentasche und setzte sie sofort am Draht an. Kurz darauf war Thabo neben ihr. Er nahm ihr wie verabredet das Gewehr aus der Hand.

Tschang, tschang, tschang. Muller schoss in einem stetigen Rhythmus. Jayne versuchte, ihn aufzunehmen und im selben Takt Draht zu schneiden. Das klappte, bis der erste Schuss aus der anderen Richtung kam. Tiefer, ohne Rhythmus. Da war jemand, der die Schüsse erwiderte.

Sie versuchte, sich nicht aus der Ruhe bringen zu lassen. Solange Muller weitermachte, konnte der andere nicht zielen. Konnte sich nicht sicher sein. So war der Plan.

Und da hörten die anderen Schüsse schon auf. Er war getroffen worden. Tschang, tschang, tschang. Muller schoss, wie die Uhr tickte.

Aber da waren noch ganz andere Schüsse. Weiter weg.

25. AUGUST, 00.16H

Als die ersten Schüsse fielen, saß Bulelani in der Hocke. Er hatte das Gewicht von Kaisers Pistole in der Hand gespürt und sich gut gefühlt. Das Reservemagazin war schon in seiner Jacke verstaut.

Er war Profi genug, um sich sofort hinzuwerfen. Eine Kugel hörte er ganz in der Nähe einschlagen. In etwas Hartes. Einen Ast vielleicht. Im Liegen entsicherte er Kaisers Pistole und hielt sie irgendwie in Richtung Haus. Dann schoss er.

Bis das Ding leer war.

25. AUGUST, 00.17H

Muller tat nur, was Jayne ihm als Aufgabe gegeben hatte. Aber er merkte, wie er lockerer wurde. Schießen hatte ihm schon immer gefallen. Und das hier war nicht schlecht. Die ganze Gegend mit Kugeln einzudecken und nicht zu wissen, was sie dort, wo sie einschlugen, anrichteten, entspannte ihn ein wenig.

Andere Schüsse hörte Muller nicht.

25. AUGUST, 00.18H

Jayne versuchte, die Schüsse zu verdrängen, die gerade von der dritten Partei abgegeben worden waren. Vielleicht hatte einer der Arbeiter einen Tsotsi gesehen.

Sie schnitt, so schnell es ging. Die rechte Hand, in der sie die Zange hielt, wurde langsam steif. Sie ging in die Hocke, um den Draht in der unteren Hälfte des Zaunes durchzuschneiden. Von der anderen Seite waren keine Schüsse mehr gekommen. Und auch die aus der dritten Waffe waren verstummt.

Jetzt war sie fast so weit, dass das Loch groß genug war. So müssten sie eigentlich durchpassen. Aber sie traute der Sache nicht. Und ganz traute sie auch Muller nicht. Bevor sie durch den Zaun stiegen, musste er erst einmal aufhören.

„Hinlegen!“, sagte sie zu Thabo.

25. AUGUST, 00.19H

Bulelani kauerte sich zusammen, als seine Waffe leer war. Er wollte weg, so schnell wie möglich. Irgendwo fielen noch andere Schüsse. Er legte die Arme über den Kopf und wartete.

Aber nur wenige Sekunden lang. Dann war es plötzlich komplett ruhig. War das das Ende? Magazinwechsel? Egal, dachte er.

Er sprang auf und lief in gerader Linie vom Zaun weg.

25. AUGUST, 00.15H

Lettie, Noluthando, Mirjam und Princess saßen immer noch zusammen, hatten aber schon eine Weile nicht mehr gesprochen.

Die Ausgangslage war klar. Der Mann da drüben war ein Feind.

Als das Tschang-Tschang begann, schüttelte Noluthando Letties Schulter. „Jetzt!"

Lettie zitterte, als sie vom kalten Boden aufstand. Sie lehnte sich mit dem Becken gegen den Felsen und reckte den schweren Revolver nach vorn. Die Schießerei, die eben eingesetzt hatte, ging unvermindert weiter. Da, wo eben der Mann verschwunden war, neben dem Gebüsch, tauchte er jetzt wieder auf. Heraus gelockt von den Schüssen. Lettie sah deutlich seinen Rücken, weil er sich dem Haus zugewandt hatte. Sie drückte die Arme noch einmal durch und schoss. Und dann noch einmal. Und noch einmal.

Bis das Ding leer war.

25. AUGUST, 00.15H

Als Franz Muller begann, sein automatisches Gewehr abzufeuern, saß Betsie im Betzimmer und legte die Hände um ihren Kopf. Sie wusste, dass sie die Kugeln hier nicht treffen konnten, aber sie hatte trotzdem das Bedürfnis, sich zu schützen. Außerdem musste sie an Vuyo denken. Was immer der Junge auch machte, wenigstens war er nicht auf der Farm.

Wenige Meter von ihr entfernt hockte Cesar am Fenster und blickte durch das Zielfernrohr. Er hatte das Krokodil genau im Blick gehabt und war nur eine Sekunde davor gewesen, abzudrücken. Dann hatten ihn die Schüsse irritiert und er hatte sein Ziel verloren. Er lauschte ihnen hinterher. Er wollte auch schießen.

Trixie lag halb über ihren Töchtern und hoffte, dass die Mädchen nicht wach wurden. Sie fürchtete schon eine ganze Weile, dass der Arbeiter mit dem Gewehr, seinen Namen hatte sie vergessen, beginnen würde zu schießen. Davon würden die Kinder mit Sicherheit wach.

Vuyo fror sehr, als er die ersten Schüsse hörte. Und obwohl die Anspannung in ihm dramatisch anstieg, wurde ihm nicht wärmer. Er rollte sich vom Rand der Straße weg in den Graben und verhielt sich ganz still.

Alfred Gcilitshana saß immer noch unterhalb der Treppe. Es war ihm besser gegangen zuletzt. Da war ein bisschen Fieber, aber der Schmerz in der Schulter war nicht schlimmer geworden. Als Jayne McKenzie und Thabo rausgekrochen waren, hatte er eine euphorische Sekunde gehabt, weil er nicht dabei sein musste. Aber mit dem ersten Schuss, der fiel, war das vorbei. Er fragte sich, ob er hier wirklich sicher genug war.

Rund um den gelben Fleck hatte sich etwas getan, als die Schüsse begonnen hatten. Jo-Jo hatte die Gestalt doch gesehen. Und er hätte schießen können. Nur war er sich nicht mehr sicher gewesen, ob er auch das richtige Ziel vor Augen hatte, seit ihm Letties Gestalt begegnet war. Hatte er das nur geträumt? Er behielt die Gestalt jetzt genau im Blick. Die Schüsse gingen weiter. Von woanders wurde auch geschossen. Und jetzt auch näher. Jo-Jo hielt das Gewehr auf die Gestalt. Sie zuckte. Einmal, noch einmal. Dann brach sie zusammen. Kippte einfach vornüber. Dabei hatte er gar nicht geschossen.

Aber wer sonst?

25. AUGUST, 00.23H

Bulelani lief.

Er lief auch noch, als die Schüsse längst aufgehört hatten. Dann stolperte er über etwas und fiel hin.

Beim Abtasten entdeckte er Dreck auf der Kleidung, aber nichts war zerrissen. Er fluchte trotzdem. Nichts klappte heute, gar nichts. Er stand auf und klopfte sich den Schmutz von Jacke und Hose.

Dann atmete er durch und lauschte in die Nacht. Kein Ton, nichts. Wie unheimlich. In der Stadt gab es immer Geräusche. Irgendwas, an dem man sich orientieren konnte. Irgendwas, das einem sagte, ob man gerade in Gefahr war. Oder nicht. Hier galt das alles nichts. Hier konnte man ohne jede Vorwarnung sterben.

Auf einer verschissenen Farm! Das musste man sich vorstellen. Normalerweise liefen die Dinge anders. Stadt gewann immer über Land.

Die nächsten Schritte waren eigentlich klar. Zurück zum Haus, die anderen drei auf das Finale einschwören, auf Pastor warten, kurz koordinieren, angreifen, alle erledigen, Schmuck und Geld und Waffen einsammeln, dann nichts wie weg.

Es war fast halb eins. Zu diesem Zeitpunkt hatte er längst ein paar Whiskys getrunken haben wollen. Vielleicht Sex mit einem der Mädchen aus der Shebeen, wo er feiern wollte. Stattdessen wälzte er sich im Dreck wie ein Tier. Das Telefon steckte er wieder weg.

Und holte es sofort wieder hervor. Instinkt. Vier von fünf Balken. Fast die beste Erreichbarkeit. Er hatte immer noch ein Telefongespräch zu führen.

25. AUGUST, 00.24H

Das Bein schmerzte, seit er sich wie ein junger Mann durch das Loch im Zaun geworfen hatte. Mrs. McKenzie lag ganz ruhig da. Thabo tat es ihr gleich.

Es war eine laute Nacht. Bisher war ihm das nicht aufgefallen. Keine Zeit für so etwas. Aber gerade nach dem Abklingen der Schüsse empfand er das Zirpen als ohrenbetäubend. Ein Hadeda schrie von einem Baum herab. Irgendetwas mit kleinen Pfoten war ganz in der Nähe unterwegs. Die Farmkatze bestimmt. Sie hatte Glück gehabt, dass sie überlebt hatte. Ein Autogeräusch war da, aber Thabo hatte keine Orientierung, wie weit es entfernt war. Und aus welcher Richtung es kommen konnte. Stimmen aus dem Haus? Woher sonst? Er konnte kein Wort verstehen.

Als der Helikopter eben über die Farm geflogen war, hatte er kurz gedacht, es sei die Polizei mit einer Rettungsaktion. Nicht wegen ihm. Wegen ihm startete kein Helikopter. Und nicht wegen Jo-Jo und Cesar. Und auch nicht wegen Sipho, der sowieso längst tot war. Aber wegen dem Boss vielleicht. Und seiner Familie. Dann war der Helikopter aber weitergeflogen.

Thabo kroch den Meter weiter, um zu Mrs. McKenzie aufzuschließen. „Was tun wir jetzt?“

„Keine Ahnung!“, sagte sie.

25. AUGUST, 00.16H

Lettie stand noch da, beide Arme ausgestreckt, beide zitternd.

Noluthando zog sie sanft auf den Boden. „Da wird so viel geschossen. Wir müssen vorsichtig sein!“

„Meinst du, ich habe ihn getroffen?“
„Mehr als einmal.“
„Hast du es gesehen?“
„Ich hab es gesehen. Klar!“
„Was machen wir dann jetzt?“
Keine sagte einen Ton.
„Vielleicht ist ja alles vorbei.“ Princess.
„Und dann?“ Noluthando.
„Suchen wir unsere Männer. Im Farmhaus.“ Princess.
„Wenn sie da sind.“ Miriam.
„Und wenn nicht alles vorbei ist?“ fragte Lettie. „Das war doch ein, wie sagt man, ein richtiges Gefecht. Wie im Krieg. Und entweder hat einer gewonnen oder es geht gleich weiter. Und wenn einer gewonnen hat, dann können auch die Falschen gewonnen haben. Oder?“
„Also noch warten.“ Noluthando.
„Vielleicht!“
„Finde ich auch!“

25. AUGUST. 00.17H

Die Landstraße war leer. Die beiden Polizeiautos kamen schnell voran, Blaulicht immer noch eingeschaltet. Von van Vuuren und Magwaca im zweiten Auto, das hinter ihnen fuhr, war schon seit Minuten kein Kommentar mehr zu hören gewesen.
„Was meinst du, was da passiert ist?“, fragte Constable Ncita. Sie blickte zu Sergeant Twaku hinüber, der über das Lenkrad gebeugt saß.

„Blaulicht macht das Fahren nicht einfacher“, sagte er.

„Mach es doch aus.“

„Aber wir haben doch beschlossen, dass wir es anmachen.“

Beide schwiegen eine Weile.

„Ich weiß es nicht“, sagte Twaku dann. Dann blickte er in den Rückspiegel und sah, dass die Kollegen zurückgefallen waren. Er nahm etwas Tempo heraus. „Stromausfall vielleicht.“

„Glaub ich nicht.“

„Glaub ich auch nicht.“

„Warum sagst du es dann?“

Twaku brauchte eine halbe Minute für seine Antwort. „Um mir nicht jede Hoffnung zu nehmen.“

„Wie meinst du das?“

Jetzt brauchte er noch länger für die Antwort. „Das ist Südafrika“, sagte er dann. „Nicht unmöglich, dass wir den Farmer und seine Frau und auch die drei Vermissten tot auffinden. Eingeweide raushängend. Köpfe abgeschnitten. Messer in den Geschlechtsteilen.“

„Meinst du das im Ernst?“

Twaku war es Ernst. Aber er hatte auch Freude daran, Constable Ncita zu erschrecken. Sie war noch recht neu, und es lohnte den Aufwand. Was er jetzt wieder feststellen konnte.

Sergeant Twaku hatte aber noch einen anderen Grund, so zu reden. Es war immer gut, sich das Schlimmste vorzustellen. Wenn man den Horror schon ausgesprochen hatte und dann die Eltern noch bester Laune und die Kinder im Tiefschlaf antraf statt mit Schusswunden in der Schläfe und Messerstichen im Bauch, machte es einen umso glücklicher.

„Scheiße“, sagte Nicta.

„Was?“

„Ich hab die Ersatzmunition vergessen.“

„In der Station?"
„Halt mal kurz an!"
Twaku setzte den Blinker und reduzierte langsam das Tempo.
„Was ist?", kam es aus der Funkanlage.
„Nur eine Sekunde", sagte Twaku. Er brachte den Wagen am Straßenrand zum Stehen. Der zweite Wagen stoppte dahinter. Ncita stieg aus und suchte ihren Fußraum ab. Dann bückte sie sich und griff unter ihren Sitz. „Da ist es ja", sagte sie und zog das Magazin hervor.
Der Bakkie, der sie passierte, war mit fast 200 km/h unterwegs. Beide Polizeiautos erzitterten im Fahrtwind. Ncita sah Twaku an, der mit den Schultern zuckte. „Wollt ihr hinterher?", fragte er ins Funkgerät.
„Wir haben Wichtigeres zu tun", hörten sie van Vuurens Stimme.

25. AUGUST, 00.17H

„Aber wir müssen doch irgendetwas tun, jetzt!" Princess stand auf und rieb sich die Augen. „Worauf sollen wir denn hier warten?"
„Und was sollen wir da draußen tun?", fragte Noluthando. Sie setzte sich mit dem Rücken an den kleinen Felsen und verschränkte die Arme vor der Brust.
Als keine etwas entgegnete, setzte Noluthando nach. „Und außerdem haben wir keine Munition mehr."
„Doch", sagte Lettie. Sie hielt eine Hand hoch und schüttelte sie. Die Patronen waren deutlich zu hören in dem kleinen Pappkarton. „Das sind noch", sie zögerte eine Sekunde, „zwanzig vielleicht."

„Wenn du damit so umgehst wie mit denen, die du schon benutzt hast, reichen die höchstens für drei weitere Tsotsis", sagte Noluthando.

„Meinst du, das sind Tsotsis?" Miriam.

„Den einen hab ich gesehen", sagte Noluthando. „Den kannte ich nicht. Und der hatte hier nichts zu suchen. Nicht in der Nacht! Der andere hatte mit ihm zu tun. Was sollen sie sonst sein? Als Tsotsis, meine ich?"

„Und meinst du, da sind mehr?" Princess.

„Das war ein Gefecht, was wir da eben gehört haben. Und keine Jagd. Also … ja!"

„Was können wir denn dann tun?" Miriam.

Lettie war sich nicht so sicher, ob sie meinte, was sie sagte: „Wir gehen zum Haus und sehen nach, was passiert ist?"

„Auf welchem Weg?" Noluthando.

Lettie zeigte zu den Apfelbäumen. „Dahin!"

„Müssen wir alle gehen?" fragte Miriam.

„Willst du allein hierbleiben?" fragte Noluthando zurück.

25. AUGUST, 00.24H

Die drei Gestalten, die in dem alten Bakkie saßen, waren nicht sein Ideal von Geschäftspartnern. Aber manchmal musste man nehmen, was man kriegen konnte. Pastor kannte alle drei. Immerhin. Mit einem hatte er vor ein paar Jahren mal ein bisschen Geld verdient. Mit einem anderen häufiger getrunken. Und von dem dritten wusste er, dass er sich mit Einbrüchen den Lebensunterhalt verdiente. Für die Kürze der Zeit, die er gehabt hatte, ein ganz respektables Ergebnis. Und einer von ihnen hatte den Wagen mit dem starken Motor gleich mitgebracht. So musste er seinen neuen Golf nicht über die Schotterstraße treiben.

Die Insassen der beiden Polizeiautos am Straßenrand suchten ganz offensichtlich nach einer Adresse. Gut, dass sie beschäftigt waren. Sein Wagen war schneller als ihre, aber es hätte eine ganz erhebliche Behinderung ihrer Aktivitäten bedeutet, wenn sie die Polizei auf den Fersen gehabt hätten.

Er musste aufpassen jetzt, wenn er Bulelanis Beschreibung folgte. Pastor bremste und hielt nach Hinweisschildern Ausschau. Irgendetwas, das mit „Simon“ begann.

Da war es auch schon, das Farmschild: „Simonshoek“.

Jetzt wurde es interessant. Wie war die Schotterpiste? Und wie lange mussten sie darauf unterwegs sein?

Pastor schaltete das Licht aus und fuhr im zweiten Gang in die Dunkelheit.

25. AUGUST, 00.26H

„Aber wir müssen irgendetwas tun“, sagte Thabo. „Deshalb sind wir rausgekommen.“

Jayne war froh, dass Thabo nicht sehen konnte, wie sie die Augen verdrehte. Sie hatte keine Idee, was jetzt zu tun war. Sie hatten Glück gehabt, dass sie in dem Feuer von beiden Seiten nicht umgekommen waren. Wer hatte auf sie geschossen? War das der Chef der Tsotsis gewesen? Sie dachte daran, wie sie die große Gestalt, die sie hinter dem Busch gesehen hatte, ins Visier genommen hatte. Herrgott. Das war schon Stunden her. Sie waren wirklich seit Stunden in dieser Situation.

„Mrs. McKenzie ..."

„Jayne. Bitte. Sag Jayne!"

„Ja ... Also. Wir müssen hier weg."

„Was denkst du, sollen wir tun?"

„Ich denke, dass er nach Süden gelaufen ist. Weg vom Haus. Da müssen wir hin."

„Warum soll er da runtergelaufen sein?"

„Weil er so den Kugeln vom Boss am besten entkommen konnte."

„Und warum verfolgen wir ihn?"

„Weil er es nicht erwartet."

Jayne versuchte, Thabo zu verstehen.

„Und weil wir ihn sehen, bevor er uns sieht."

„Weil wir irgendwo auf ihn warten und er nicht damit rechnet?"

„Genau! Denn er muss ja zurückkommen."

„Und wenn wir ihn sehen, dann erledigen wir ihn?"

„Genau!"

25. AUGUST, 00.30H

„Sprechen Sie zu Dr. Ramesh. Er kann den Anruf gerade nicht entgegennehmen. Beeep!"

So eine Scheiße!

Bulelani versuchte es erneut.

„Ja ...", kam es. „Hallo?"

Er war es wirklich. „Doktor", sagte Bulelani.

„Wer ist da?"

Bulelani musste sich zusammenreißen, um den Arzt nicht zu beschimpfen. „Doktor. Ich bin's. Wir sind heute Nacht unterwegs. Vergessen?"

„Wie spät ist es denn?" Bulelani hörte Rascheln und Stühlerücken. Dann räusperte sich der Arzt. „Mitten in der Nacht. Wo seid ihr?"

„Wo wohl?

„Und wie ist es gelaufen? Weißt du, ich führe solche Gespräche ja nicht gern am Telefon."

„Hmhm." Sagte Bulelani in dem Moment, in dem er beschloss, den Doktor umzulegen, wenn er ihm das nächste Mal begegnete. „Hmhm. Wir sind immer noch hier draußen. Nichts ist passiert. Da waren viele Leute auf der Farm, sehr viele."

„Es geht ja auch um eine Menge", sagte der Arzt. „Ihr habt das Zeug also noch nicht?" Dann pfiff er kurz zwischen den Zähnen. „Dann wird es aber wirklich Zeit."

Klar würde er ihn umbringen. „Es ging nicht. Sie haben zurückgeschossen."

„Hab ich dir gesagt."

„Und der Helikopter ist über die Farm hinweggeflogen."

Der Arzt sagte dazu nichts.

„Doktor. Haben Sie gehört, was ich gesagt habe. Der Heli ist nicht hier gelandet."

„Ich hab dich gehört. Ja ja."

„Also …"

„Hm. Ich würde sagen, du bist entweder am falschen Ort oder der Helikopter hat sich verflogen."

„Wie heißt die Scheiß-Farm denn noch mal?"

„Simonsvlei!"

„Das ist sie doch!", sagte Bulelani.

25. AUGUST, 00.30H

Twaku bremste, um das Schild besser sehen zu können. „Simonshoek“ stand auf dem Schild, und darunter „Willkommen bei Franz und Rosie Muller“. Er fuhr im zweiten Gang in den dunklen Weg, dann schaltete er in den dritten und gab Gas. Das erste Schlagloch aber bremste ihn. Es war tief und er hätte das Auto beinah verrissen. Also reduzierte er die Geschwindigkeit wieder.

Wie lächerlich, dachte Twaku. Wir haben die volle Beleuchtung an, aber wir fahren weniger als 20 km/h.

25. AUGUST, 00.27H

Noluthando machte den Anfang. Sie raffte ihren langen Rock und lief hinüber zu den Apfelbäumen. Die anderen drei Frauen beobachteten sie. Nichts geschah.

Lettie dachte, dass es hier sicher war. Das ganze Geballer war ja auf der anderen Seite des Farmhauses zu hören gewesen.

„Lad die wieder“, hatte Noluthando gesagt, bevor sie losgerannt war. „Und gib uns Feuerschutz!“

Princess war die nächste. Lettie hielt den Revolver mit beiden Armen von sich gestreckt. Als Princess Noluthando erreicht hatte, fühlte Lettie Miriams Blick auf sich. „Ich habe so große Angst!“, sagte sie.

„Aber es ist doch alles sicher.“

„Nicht um mich“, sagte Miriam. „Um Sipho.“ Dann lief auch sie los.

Lettie gab ihr einige Sekunden Zeit, nachdem sie bei den anderen angekommen war und ging dann los. Dabei vermied sie es, auf den Mann zu sehen, den sie vor wenigen Minuten erschossen hatte.

25. AUGUST. 00.30H

Das Blaulicht der beiden Polizeiautos war immer noch zu sehen. Pastor wunderte sich ein wenig darüber. Aber er hatte kaum Zeit, sich darauf zu konzentrieren. Schwierig genug, den Weg ohne Beleuchtung zu fahren.

„Wie machen wir das jetzt?" fragte einer der drei. Er saß direkt hinter ihm und roch so stark aus dem Mund, dass es Pastor fast schlecht wurde.

„Wir sind erst mal sehr, sehr vorsichtig", sagte Pastor. „Deshalb fahren wir ohne Licht. Und wenn wir ankommen, warten wir auf meinen Verbindungsmann. Er hat uns um Hilfe gebeten, weil eine kleinere Sache nicht so geklappt hat, wie es geplant war."

„Das hast du schon erzählt", sagte der andere vom Rücksitz. „Aber worum geht es denn eigentlich? Was ist denn zu holen?"

„Geld, glaube ich. Ein paar Waffen auch. Wir werden uns gegen die andere Partei durchsetzen müssen. Aber mein Verbindungsmann sagt, dass es sich lohnt."

„Das ist auch besser so", sagte der mit dem Mundgeruch. „So spät am Abend muss es sich lohnen."

Allein für den Gestank verdient er zu sterben, dachte Pastor. Wenn es wirklich Diamanten gab, war das ein weiterer Grund. Warum sollte er teilen?

Bulelani wog seine Optionen ab. Er war weit gelaufen aus Angst vor den Schüssen. Irgendwo hatte er einmal gehört, dass es Gewehre gab, mit denen man eine Meile weit schießen konnte. So weit war er jetzt bestimmt vom Haus entfernt. Und deshalb hatte er keine Zeit zu verlieren. Er sollte sich schnellstens wieder zeigen. Schließlich war er der Chief. Und doch musste er in erster Linie vorsichtig sein.

Was war das Schlimmste, was jetzt passieren konnte? Pastor kam am Farmhaus an mit ein paar Helfern. Unangekündigt. Enoch und Sandi würden sofort anfangen zu schießen, Pastors Leute würden auch schießen. Und was würden die im Haus tun? Auch schießen. Was für ein Blutbad das werden könnte. Das würde passieren, wenn er nicht rechtzeitig zurück am Farmhaus war.

Er musste vor allem Enoch und Sandi in den neuen Plan einweihen. Aber auch Lulama. Doch der war nicht so wichtig. Nicht dort, wo er stand. Wenn Enoch und Sandi nicht wussten, was gespielt wurde, dann gab es eine Katastrophe.

Auf der anderen Seite vielleicht auch nicht. Wenn auf allen Seiten genügend Leute draufgingen, wäre es vielleicht einfacher, endlich an die Beute zu kommen. Aber dafür musste auch im Haus reichlich gestorben werden. Und das war nach Lage der Dinge nicht planbar. Also musste er zurück. Bulelani entschied sich, nicht zu laufen, sondern zu gehen. Vorsicht war immer noch wichtiger als Eile. Und man wusste nie, wer hinter der nächsten Hecke lauerte.

25. AUGUST, 00.35H

Franz Muller fühlte sich freier, nachdem er geschossen hatte. Seit dem Tod Rosies war keine Sekunde Zeit gewesen, um zu sich zu kommen. Und dann war auch noch Zak gestorben. Für eine kurze Zeit war einfach alles egal gewesen. Wenn ihn selbst eine Kugel erwischt hätte, egal, dachte er. Dann erst war ihm Trixie eingefallen und die Mädchen und Pat und seine Familie, wie weit die auch immer weg waren. Er hatte noch eine Aufgabe im Leben.

Als Jayne und Thabo durch den Zaun geklettert waren, hatte er aufgehört zu schießen. Muller dachte an seinen Foreman. Er hatte ihn all die Jahre unterschätzt.

Jetzt blickte er durch das Zielfernrohr. Das Ding war eine Sensation. Man hatte eine Sicht fast wie tagsüber. Er hätte früher daran denken sollen, die Waffe einzusetzen.

Er suchte die Gegend hinter dem Zaun ab. Irgendetwas war da.

„Dad", hörte er hinter sich eine Stimme, die er sehr gut kannte. „Dad, meinst du, wir kommen hier je wieder raus?"

Gerade hatte er es fokussiert, was immer er auch entdeckt hatte, als Trixie ihre Hand auf seine Schulter legte. Er verlor den Fokus.

„Dad", sagte sie. „Britney und Christina schlafen zum Glück. Aber ich weiß nicht mehr, was ich ihnen noch sagen soll. Dad ... Warum sind die da draußen? Du musst doch irgendetwas wissen."

Muller nahm das Gewehr aus dem Fenster, sicherte es und legte es auf den Boden. Dann nahm er seine Tochter in beide Arme. Als er seinem Kind den gesuchten Schutz gewährte, dachte er, dass es nun niemanden mehr gab, der ihn schützte. Der auf ihn aufpasste. Unter anderen Umständen hätte er Trixie zurück in ihr Zimmer geschickt, so wie es verabredet war. Aber er wusste, dass er diese Umarmung genauso brauchte wie seine Tochter. „Dad!"

Trixie machte sich frei von seiner Umarmung.

„Dad! Warum passiert das?", sagt sie laut.

„Shhhh! Nicht so laut. Wir wissen nicht, wer da draußen steht!"

„Wirklich nicht?"

„Nein, Liebes. Ich habe wirklich keine Ahnung, was hier passiert."

Nachdem er Trixie zum Betzimmer zurückgebracht hatte, nahm Muller sein Gewehr wieder auf.

25. AUGUST, 00.32H

Das war Wahnsinn! Was machten die hier?

Jo-Jo beobachtete die vier Gestalten, die sich hinter den Bäumen versteckten. Lettie hatte er ja schon eben identifiziert. Jetzt erkannte er auch die anderen. Da waren noch Princess und Miriam. Und sogar die alte Noluthando. Es war ihnen ja bisher kaum gelungen, sich selbst zu wehren. Jetzt mussten sie auch noch die Frauen irgendwie ins Haus hineinkriegen.

Jo-Jo verließ sein Fenster und ging nach unten. Sein Gewehr nahm er mit.

25. AUGUST, 00.38H

Jayne kroch den kalten Boden entlang und wünschte sich, sie hätte mehr an als ihre Leggings und ihr T-Shirt. Das war definitiv zu wenig. Schwarz war gut, dünn nicht. Schließlich war es Winter. Ihre Bewegungen wurden ungelenk, so kalt wurde ihr gerade.

Thabo, der ihr folgte, keuchte vor Anstrengung. Sie brauchten eine Pause, allein um dem Foreman eine Gelegenheit zu geben, durchzuatmen.

Ein alter Bewässerungsgraben war vor ihr. Aus der Zeit, bevor es diese Beregnungsmaschinen gab. Sie wurden schon lange nicht mehr gebraucht, und Jayne wunderte sich, warum sie immer noch existierten. Sie robbte hinein und machte Thabo ein Zeichen, ihr zu folgen. Dann drehte sie sich, so dass sie Kopf an Kopf lagen.

„Alles okay?", fragte sie.

„Alles okay! Bin ich nur nicht gewohnt. Das Kriechen. Was wollen wir machen?"

„Vielleicht hier warten?"

„Warum ausgerechnet hier?"

„Wir sind so nah am Haus, dass wir es gerade noch sehen. Und wir sind weit genug weg, um nicht von dort beschossen zu werden. Und dann …" Sie sah sich um. „Und dann glaube ich, dass der, der eben geschossen hat, hier irgendwo vorbeikommen muss. Wenn er das nicht schon längst getan hat."

Thabo stellte keine weitere Frage. Sie redete trotzdem weiter. „Ich glaube, dass er zur Torseite will. Nach Osten. Da sollten noch Leute stehen. Und einer im Norden. Wir wissen nicht, was er weiß. Aber ich denke, er will dahin. Und hier haben wir einen guten Platz."

„Und wenn er kommt?"

„Dann schießen wir."

„Und der Lärm? Was passiert, wenn wir anfangen zu schießen?"

„Ja", sagte Jayne. „Das müssen wir riskieren. Wenn wir den Kopf abschlagen …"

„Wie gehen wir vor?“, krächzte van Vuuren durch die Funkanlage. „Ich schlage vor, wir lassen das Blaulicht an und schauen uns erst einmal um. Wahrscheinlich ist ja alles friedlich. Einwände?“

„Alles okay mit mir“, sagte Twaku.

„Aber was ist“, fragte Constable Ncita, „wenn nicht alles in Ordnung ist?“

„Wie meinst du das?“ Van Vuuren.

„Ich meine … Wir haben drei Vermisstenfälle. Das ist doch seltsam genug. Oder?“

„Und? Was willst du uns damit sagen? Dass wir dort auf ein Massaker stoßen? Eins, das noch in vollem Gang ist?“

Unmöglich ist es nicht, dachte Twaku. Er hatte eben ein paar Witze darüber gemacht. Aber sie hatten alle schon ihr Massaker gesehen, ihren vielfachen Mord, ihre vergewaltigten Babys und ihre zu Brei getretenen Großmütter. „Möglich ist es“, sagte er deshalb.

„Okay“, krächzte van Vuuren. „Dann frage ich noch einmal. Wie gehen wir vor?“

Twaku fuhr in ein weiteres Schlagloch und fluchte. Sonst sagte niemand etwas.

Schließlich meldete sich Constable Magwaca. „Ich habe Angst“, sagte sie leise.

Darauf sagte wieder niemand etwas.

„Okay“, meldete sich van Vuuren wieder. „Wir tun Folgendes Wir fahren ans Haus heran und warten erst einmal. Sagen wir … eine Minute. Wenn dann alles sicher ist, dann steigen wir aus, Waffen gezogen, klar, und sehen uns um. Wir treten als Team auf und lassen Gangstern erst gar keine Chance. Wie hört sich das an?“

„Okay“, sagte Magwaca.
„Okay“, sagte Ncita.
„Okay“, sagte Twaku.
„Und sowieso“, van Vuuren noch einmal. „Es ist mitten in der Nacht. Was soll da auf der Farm schon geschehen. Ihr kennt die Statistiken. Farmmorde geschehen am frühen Morgen oder am frühen Abend.“

25. AUGUST, 00.39H

Wenn er nicht gerade auf einen trockenen Ast trat, würde er leise sein. Sehr leise. Bulelani konnte die Umrisse des Farmhauses wieder erkennen und blieb stehen. Wenn man nicht viel sehen konnte, dachte er, musste man umso genauer hören.

Er konzentrierte sich. Blendete alles aus. Da war mehr, als er sich eingestanden hatte. Hier, auf dem Land, in der Nacht. Vor allem menschliche Stimmen.

Ein Flüstern war es. Sogar nur ein leises Flüstern. Aber das bedeutete, dass sie ganz in der Nähe waren. Bulelani wusste auch, wessen Stimmen das waren. Er hatte Besseres zu tun gehabt, als sie zu beobachten. Sie waren nur ein Randaspekt gewesen in diesen Sekunden, als er hatte schießen müssen. Mit Kaisers Pistole.

Aber sie waren da gewesen. Zwei Gestalten, die aus dem Haus gekommen sein mussten.

Mussten.

MUSSTEN!

Jetzt waren sie draußen. Und Bulelani verstand, was geschehen war, als er unterwegs gewesen war, um mit dem Scheiß-Doktor zu reden. Als er dem anderen Farmer begegnet war. Sie schickten einen Trupp raus. Einen Jagdtrupp. Um ihn zu eliminieren. Ihn und die anderen. Das war passiert, und genau das war auch jetzt ihr Plan.

Bulelani wunderte sich, wie selektiv ein Gehirn funktionierte. Jetzt verstand er endlich, was eben am Zaun geschehen war. Und wenn er auch nicht alles gesehen hatte, dann wusste er doch eines. Die beiden Figuren, oder waren es drei gewesen, nein, zwei, waren keine Security-Profis gewesen. Sie hätten ihn glatt erledigt.

Er hörte ihre Stimmen immer noch. Und er schlich an die Stelle heran, wo er sie vermutete. Er musste grinsen.

25. AUGUST, 00.36H

„Seht ihr irgendwas?“, fragte Noluthando. Sie standen hinter den Bäumen verborgen, und Lettie fragte sich, wovor sie sich eigentlich versteckten. So wie sie jetzt versuchten, hinter den Apfelbäumen unsichtbar zu sein, mussten sie die Gefahr eigentlich im Haus vermuten. Aber sie war sich da nicht so sicher. Immerhin waren der Gelbe und der andere Tote außerhalb des Hauses gewesen.

„Seht ihr irgendwas?“, fragte Noluthando noch einmal.

„Da sind Leute in den Fenstern!“ Princess. „Glaube, die haben Gewehre. Da sind schwarze Rohre.“

„Aber wer ist das?“ Miriam.

„Weiß nicht.“ Princess. „Ich sehe keinen. Aber da sind welche. Das weiß ich. Guckt mal, da …“

Keine wusste, wo Princess hinzeigte, dachte Lettie. Und sie hoffte, dass sie niemand hörte.

„...da. Das eine Rohr ist jetzt weg."
„Und?", fragte Miriam.
„Es ist halt weg", sagte Princess.
„Und was machen wir jetzt?"
Princess und Miriam schwiegen.
„Wir warten", sagte Lettie. „Es wird etwas passieren. Und dann wissen wir auch, was wir tun müssen!"

25. AUGUST, 00.44H

Es war nicht so einfach, diese Stelle wieder zu finden. Muller blickte durch das Zielfernrohr und fragte sich gleichzeitig, was er eben meinte, gesehen zu haben. Er blickte tief in die Weiten der Äcker hinein und verlor den Fokus und die Konzentration, weil alles gleich aussah.

Am Boden hatte es sich bewegt. Aber er hatte es nur diesen Bruchteil einer Sekunde gesehen, bevor Trixie gekommen war.

Wie gleich doch alles aussah in der Nacht. Unterschiedliche Grautöne, hier und da fast ins Weiße gehend und manchmal auch fast Schwarz. Faszinierend, was dieses Fernrohr alles konnte. Eigentlich war es ja nichts anderes als ein aufgerüstetes Fernrohr. Jetzt bemerkte er wieder etwas, das war sehr dunkel. Verborgen irgendwie, anders als der Ackerboden, den er davor sah. Ein anderer Ton Dunkel. Aber nicht mehr als ein paar irritierende Konturen.

Einer der alten Bewässerungskanäle. Klar. Ein gutes Versteck. Aber für wen? Könnte sich Jayne dort verbergen? Zusammen mit Thabo? Waren die beiden zusammen geblieben? Als die Pläne gemacht worden waren, hatte er nicht zuhören können. Er war einfach nicht in der Lage gewesen dazu. Jetzt verfluchte er sich dafür.

Wenn er sich nicht täuschte, dann war Bewegung im Kanal. Nicht viel, nur gerade so viel, dass er sie bemerkte. Wenn Jayne und Thabo dort warteten, dann waren sie recht weit weg vom Haus. Hatten sie dafür einen Grund? War das ihr Plan? Oder hatten sie keinen besseren Platz gefunden.

Muller suchte wieder. Langsam und in konzentrischen Kreisen. Sein Vater hatte ihm das gezeigt. „Wenn es noch dunkel ist am Morgen, dann ist das der beste Weg, um den Bok zu finden."

25. AUGUST, 00.45H

Bulelani kam sich vor wie ein Dieb. Das ganze Geschleiche, außerdem traute er sich kaum zu atmen. Nicht seine Philosophie. Diebe waren Feiglinge. Leute, die hinter dem Rücken anderer agierten. Heimlich. Er hingegen war ein Unternehmer der Stärke. Wenn er etwas haben wollte, nahm er es sich. Alles eine Frage der Kräfteverhältnisse.

Dieser Scheißacker war hier tiefer als woanders, als wenn es nur hier geregnet hätte. Ganz vorsichtig setzte Bulelani Fuß vor Fuß. Da war eben so ein leises Schmatzen aus dem Boden gekommen, hoffentlich hatten sie das nicht gehört. Er war jetzt ganz nah. Die Stimmen hatte er schon eine Weile nicht mehr gehört, aber er wusste es. Er wusste, wo sie sich versteckten.

Bulelani zog seine eigene Pistole aus dem Hosenbund und entsicherte sie so leise, wie er konnte. Dann nahm er die Waffe in beide Hände und zielte ins Dunkel vor sich.

25. AUGUST, 00.45H

„Und wenn er nicht kommt?“ Thabo war kalt und er begann, an Jaynes Idee zu zweifeln. Sie war klug. Sie hatte Energie. Kein Zweifel daran. Aber das Warten machte ihn mürbe. Und wenn er jetzt schießen musste, konnte er kaum den Finger krümmen. Wegen der Kälte.

„Dann brauchen wir einen neuen Plan.“

„Wollen wir zurück zum Haus?“

„Hmhm ... Wir müssen sie angreifen, wo es ihnen wehtut. Am Tor, da stehen sie noch. Wenn wir noch zwei der vier erledigen, dann sind sie am Ende.“

„Was machen wir dann?“

Mrs. McKenzie musste überlegen, bevor sie antwortete. „Dann warten wir bis zur Dämmerung. Ohne Dunkelheit haben sie keinen Schutz. Aber dann sind sie sowieso längst verschwunden.“

Es leuchtete Thabo ein, was sie sagte. Er war sich nur nicht sicher, ob sie wirklich so stark waren, die verbliebenen Tsotsis zum Aufgeben zu zwingen. In der Nähe ein ganz leises Schmatzen. Sehr nah. Thabo fragte sich, wie ein solches Geräusch entstehen konnte. Es war trocken, aber der Boss hatte hier und da wässern lassen. Aber wenn, dachte er ... Da hörte er noch ein Geräusch. So leise, dass er sich fragte, ob er sich nicht getäuscht hatte. Aber leise oder nicht, das Entsichern einer Pistole hatte immer einen bedrohlichen Klang.

25. AUGUST, 00.43H

So ein Dreck. Da wäre er fast von der Straße abgekommen.

„Ruhe!" brüllte Pastor. „Lasst mich einfach nur fahren!" Er hielt das Lenkrad mit beiden Händen, hatte die Arme ausgestreckt und den Rücken fest in den Fahrersitz gedrückt.

„Wenn wir ankommen, werden wir uns erst mal anhören, was mein Verbindungsmann zu sagen hat. Dann werden wir das Haus angreifen."

Während er redete, wunderte sich Pastor, dass das Blaulicht immer noch zu sehen war. Das musste eine ganz neue Technik sein.

25. AUGUST, 00.46H

Muller suchte weiter und musste wieder an seinen Vater denken. Nie wäre eine Bande von Schwarzen auf die Idee gekommen, eine Farm zu überfallen und wahllos Leute zu ermorden. Man sagte heutzutage ja nichts Gutes mehr über die Apartheid. Konnte einen in Teufels Küche bringen. Aber sicherheitsmäßig hatten die das Land im Griff gehabt.

Irgendwann wurde ihm der Kreis zu weit, den er mit dem Zielfernrohr beschrieb. Muller schränkte seinen Radius wieder ein. Ihm war klar, dass er Acht geben musste. Er kannte einfach zu gut, was er beobachtete. Wortwörtlich jeden Baum und jeden Strauch. Was er sah, gehörte ja auch alles ihm. Jeder Baum und jeder Strauch. Auch der tote Baum dort, der so aussah wie ein Mensch, der etwas von sich streckt. Alles seins. Und das alles hatte er Zak vererben wollen. Muller kamen die Tränen.

„Reiß dich zusammen!", sagte er zu sich. Und dann fiel ihm ein, dass da nie im Leben ein toter Baum stehen konnte. Das war sein eigener Grund. Da gab es keine toten Bäume.

Panisch begann er, zu suchen, was er eben gesehen, aber nicht erkannt hatte. Er fuhr mit dem Gewehr hin und her, ohne irgendetwas zu erkennen. Dann hielt er es ganz still. Atmete ruhig. Setzte erneut an.

Er hatte eine recht genaue Ahnung davon, wo er die Bewegungen im Bewässerungsgraben gesehen hatte. „Das ist meine Farm!" Er bestätigte es sich noch einmal, in dem er es aussprach. Und da, da war er. Der Graben. Und der Mensch. Oder die beiden. Er erkannte wieder, dass dort Leben war. Vorsichtige Bewegungen. Zwei, die mit den Köpfen aneinander lagen? Muller suchte die Umgebung weiter ab.

Der Graben lag zwischen einem Acker und einer Hecke, die nicht mehr bewirtschaftet wurde. Die fuhr er jetzt ab. Erst in die eine Richtung, dann in die andere. Und dann ein bisschen verschoben. Und da sah er ihn. Der Baum bewegte sich. Ein dunkel gekleideter großer Kerl, so viel konnte er erkennen. Er ging auf die Hecke zu und genau auf die Stelle, wo hinter ihr jemand im Bewässerungsgraben lag. Der Mann hatte etwas in der Hand, nein in beiden Händen.

Franz Muller wusste ganz genau, was das war. Er versuchte, ganz ruhig zu sein.

Und er zielte.

Dann schoss er.

25. AUGUST, 00.49H

Als Franz Muller diesen einen Schuss abgab und Bulelani verfehlte, hatten die vier Frauen, die sich zwischen den Apfelbäumen verborgen hielten, gerade ein Auto gehört. Bremsen, Türenöffnen, dann der Schuss. Es war Lettie, die sagte: „Okay, das Auto, wir wissen nicht, wer drin sitzt. Und wir wissen auch nicht, wer geschossen hat. Wenn vom Haus aus auf das Auto geschossen worden ist, dann sind es bestimmt keine Cops. Aber wer denn?"

„Wir bleiben erst mal hier", sagte Noluthando.

In dem Moment bemerkte Princess die beiden Gestalten, die sich offenbar vor dem ankommenden Auto versteckten.

„Hey", hatte Jo-Jo gerufen und dabei gewunken. Aber der Schuss war ihm dazwischen gekommen. Und die Frauen hatten ihn nicht gehört. Jetzt überlegte er, was er tun konnte. Er wusste nicht, wer in dem Auto war, das gerade angekommen war. Und der Schuss veränderte alles. Er zog sich aus dem Badezimmerfenster zurück, kletterte über die Leichen und nahm sein Gewehr in den Anschlag. Dann ging er zur Terrassentür.

Pastor hatte vorsichtig gebremst. Alle vier Insassen hatten gleichzeitig die Türen geöffnet, wie in einem Gangsterfilm. Und dann war der Schuss gefallen. Alle hatten sich in den Staub der

Straße geworfen und ihre Waffen gezogen. Und auf den nächsten Schuss gewartet.

Bulelani wusste, dass er Glück gehabt hatte. Er hatte den Schuss gehört und zur gleichen Zeit das Knacken eines Zweiges in der Hecke. Er hatte sich instinktiv fallen lassen und war sofort wieder aufgesprungen. Er dankte Gott kurz dafür, dass er die Waffe nicht hatte fallen lassen. Dann war er Richtung Farmhaus gelaufen.

Thabo hatte Sekunden vor dem Schuss Mrs. McKenzie auf die Schulter geklopft und ihr signalisiert, dass sie nicht allein waren. Beide hatten sich schnell auf die Seite gerollt und ihre Waffen im Anschlag gehabt. So hatten sie darauf gewartet, dass irgendetwas geschah. Womit sie nicht gerechnet hatte, war der Schuss. Beide zuckten synchron zusammen und zogen die Köpfe ein. Sie hörten die Kugel durch die Zweige der Hecke zischen, die nur Zentimeter neben ihnen stand. Und dann ein leises Platschen. Thabo dachte, wer auch immer hinter der Hecke gestanden hatte, war getroffen worden und hoffentlich tot umgefallen. Jayne war nicht in der Lage, das Geräusch so schnell einzuordnen wie Thabo. Sie dachte an eine Kühlschranktür, die geöffnet wurde, aber sie wusste auch, dass auf dem Acker keine Kühlschränke standen. Am Keuchen des anderen erkannten beide, dass jenseits der Hecke jemand flüchtete.

Der Schuss war sicher nicht schlecht gewesen, aber genau wusste es Franz Muller nicht. Er hatte Mühe, die Stelle in der Hecke wieder zu finden, denn beim Schuss war ihm das Gewehr ein wenig verrissen. Jetzt suchte er schon wieder nach der Stelle und registrierte erst spät, dass sich am Tor etwas tat. Er hatte das Auto nicht ankommen hören. Jemand begann zu rufen, in isiXhosa, und obwohl er die Sprache verstand und redete, drang nichts zu ihm außer den nackten Tönen selbst. Er lehnte sich aus dem Fenster, und konnte mit Mühe den Wagen sehen, der eben offenbar angekommen war. Da waren auch Leute, aber der Winkel war nicht günstig genug, um auf sie zu schießen. Ohnehin wusste er nicht, auf welcher Seite die neu Angekommenen waren. Franz Muller sah auch ein seltsames Licht in der Ferne. Fast wie ein Wetterleuchten, aber an- und absteigend. Er machte sich keinen Reim darauf.

Cesar hatte versucht, das Krokodil wiederzufinden, aber davon abgelassen, als er das Licht am Horizont bemerkte. Sollte tatsächlich die Polizei unterwegs sein? Wer mochte sie gerufen haben? Was konnte passiert sein? Als sich das Auto näherte, sah er zwei Figuren ihren sicheren Platz hinter einer Hecke verlassen. Cesar nahm sein Gewehr in den Anschlag und zielte. Da hielt das Auto und er ließ sich irritieren. Alle vier Türen öffneten sich gleichzeitig, und beinah im selben Augenblick fiel ein Schuss. Alle vier, die gerade ausgestiegen waren, ließen sich fallen. Der, der hinter dem Fahrer ausgestiegen war, hatte im Fallen eine Pistole gezogen und hielt sie jetzt von sich gerichtet. Nach dem Schuss schien Cesar, als stünde alles für eine Sekunde still – außer dem Blaulicht in der Ferne. Er zielte erneut, auf den Mann hinter dem Fahrer. Dann schoss er. Und traf.

25. AUGUST, 00.52H

„Das sind die!“ sagte Miriam. „Schieß auf sie!“

„Wie soll ich von hier auf sie schießen?“ fragte Lettie. „Die ganzen Bäume und so. Und der Zaun.“

„Dann müssen wir uns bewegen.“ Noluthando.

„Alle zusammen?“ Miriam.

„Hast du eine bessere Idee?“ Noluthando.

Lettie versuchte derweil, den Revolver so zu halten, dass sie ein Gefühl dafür kriegte, auf größere Distanz zu schießen. Und zu treffen. Es kam ihr seltsam vor. Und nicht richtig. Zu überlegen, wie man andere Leute tötete. Aber waren die nicht auch gekommen, um zu töten? „Wenn wir es dahin schaffen“, Lettie zeigte auf ein paar Büsche, die recht weit vom Zaun entfernt standen. Sie zeigte mit einer ausladenden Armbewegung auf den Weg, den die Frauen gehen sollten. „Von da aus können wir es versuchen.“

„Was?“ Princess.

„Schießen“, sagte Lettie.

25. AUGUST, 00.51H

Vuyo war froh, dass er den Braten gerochen hatte. Als das Auto ohne Beleuchtung angekommen war, hatte er kehrtgemacht und war in die andere Richtung davongerobbt. Er hatte eine Nase für Gefahr.

Hinter sich hörte er schon den zweiten Schuss innerhalb von einer oder zwei Minuten und am Horizont sah er etwas, das ihm wirklich Hoffnung gab.

Er kroch darauf zu.

25. AUGUST, 00.53H

Der nächste Schuss brachte Bulelani komplett außer Fassung. Es war nicht der erste, der in dieser Nacht gefallen war, ohne dass er wusste, wer ihn abgegeben hatte. Aber gerade, dachte er, verlor er die Kontrolle über die Dinge.

Der Acker, über den er lief, wurde immer tiefer, aber er hatte schon seit langer Zeit nicht mehr an seine Schuhe gedacht. Als der nächste Schuss fiel, warf er sich sofort hin. Noch im Fallen bemerkte er, dass er schon viel näher am Farmhaus war, als er angenommen hatte. Und er sah zwei Leute, die vor einem weißen Bakkie hockten. Einer von ihnen musste auf ihn gefeuert haben.

„Halt!“, rief er und hob beide Hände. „Ich bin es!“ Dabei wusste er nicht einmal, ob das ein Signal war, das sie verstanden. In jedem Fall feuerten sie nicht mehr.

25. AUGUST, 00.54H

Pastor war überrascht. Er hatte schon einen Mann verloren, den mit dem Mundgeruch, und war im Grunde genommen nicht einmal richtig angekommen. Zwischen den Fronten nannte man das. Und er konnte spüren, dass sie nicht nur von zwei Seiten bedroht wurden. Der Schuss auf seinen Helfer war bestimmt aus dem Haus gekommen, aber er ahnte, dass auch von außerhalb Gefahr drohte. Er kannte seinen Überlebensinstinkt und vertraute ihm. Die Gegner saßen im Haus, aber nicht alle, die draußen waren, waren deshalb automatisch auf ihrer Seite.

Und hinter ihnen waren die Cops auf dem Weg zur Farm. Er hatte nachgedacht. Und er war darauf gekommen, dass er die beiden Polizeiautos hätte ernster nehmen müssen.

Pastor hockte noch immer hinter der offenen Fahrertür. Einer seiner Helfer hatte einmal gefeuert.

„Halt!“, hörte er eine Stimme. „Ich bin es!“

25. AUGUST, 00.53H

Jayne spürte ihr Alter, als sie sich aufrichtete. Die Kälte hatte ihr richtig zugesetzt. Sie brauchte eine Weile, um sich überhaupt strecken zu können. Ein zweiter Schuss fiel.

Wer auch immer eben hinter der Hecke gewesen war, hatte schon viel Raum zwischen sich und sie und Thabo gebracht. Als sie überlegte, dem hinterher zu laufen, von dem sie glaubte, dass er der Anführer der Gruppe war, merkte sie, was nicht stimmte an der Szene, deren Teil sie waren.

Sie waren in Gefechte verwickelt gewesen, die fast nach Krieg rochen, und jetzt fielen nur noch einzelne Schüsse. Der erste war von Franz gekommen. Da war sie sich nun sicher. Der zweite war von jemand anderem abgegeben worden. Anderer Sound, andere Quelle. Aber wenn Schüsse jetzt nicht mehr sofort mit martialischem Feuer beantwortet wurden, dann konnte das nur eines bedeuten. Niemand wusste mehr, wo Feind und Freund waren. Das mussten sie ausnutzen.

Jayne half Thabo auf die Beine, als ein dritter Schuss fiel. „Wir müssen los!“, sagte sie.

25. AUGUST, 00.54H

Jo-Jo stand in der Terrassentür und schaute in Richtung Tor. Er wusste, dass die, die dort angekommen waren, nicht auf ihrer Seite waren, also würde er auf sie schießen.

Er war kein mutiger Mann, er konnte das gut einschätzen. Aber allein wegen Lettie, die da draußen irgendwo war, hatte er seine Pflicht zu tun. Jo-Jo lief zu dem zerschossenen Polizeiauto und hockte sich hinter den Kofferraum. Durch die zerstörten Scheiben hatte er eine gute Sicht auf das Tor und den weißen Bakkie, der dahinter stand. Niemand bot sich gerade an, von ihm erschossen zu werden, aber er würde warten.

„Sssssst!", hörte er von oben. Er blickte am Haus hoch und sah den Boss, der im Fenster lehnte. Winkte er ihm etwa zu?

Der Boss hatte ihm noch nie zugewinkt. Jo-Jo winkte nicht zurück.

25. AUGUST, 00.54H

Cesar war sich nicht sicher, ob er den richtigen Mann erschossen hatte. Die vier, die eben in dem Bakkie angekommen waren, sahen aus wie Leute, die man überall in den Townships traf. Warum sollte man auf sie schießen? Gut, dachte er, gegen sie sprach, dass sie mitten in der Nacht hier auftauchten. Welchen Grund konnten sie dafür haben? Ihm fiel keiner ein.

Also legte er erneut an und schoss noch einmal.

Der Schuss, den Cesar abgab, verfehlte sein Ziel. Die Kugel streifte das Dach des Bakkie mit lautem Pläng und verschwand dann in der Nacht, ohne irgendwo einen weiteren Eindruck zu hinterlassen.

Pastor hatte dieses Mal sofort begriffen, woher der Schuss gekommen war, und das Feuer erwidert. Er zog seine halbautomatische Pistole unter dem Sitz hervor und feuerte auf das Haus. Von dort war der mit dem Mundgeruch erschossen worden. Sowieso musste jetzt schnell etwas geschehen, dachte Pastor. Die Cops waren ja auf dem Weg. Cesar warf sich zur Seite auf den Boden und schaffte es auch noch, „Runter!“ zu rufen, um Betsie, Trixie und die Kinder zu warnen. Die meisten der Schüsse, die Pastor abgab, landeten in der Decke des Betzimmers. Eine Kugel prallte an einem Scharnier des Fensterrahmens ab und verfehlte Cesar nur um Zentimeter.

Sergeant Twaku sah das Farmhaus wie einen Schattenriss am Horizont und verringerte seine Geschwindigkeit noch einmal. Er hatte Mühe, zwischen Hell und Dunkel zu unterscheiden, und sah nicht viel mehr als die Silhouette in der Ferne. „Sieht doch alles ganz ruhig aus!“, kam van Vuurens Stimme aus dem Funkgerät. „Hmhm“, machte Constable Ncita neben ihm. Die Schüsse, die am Haus fielen, hätten sie gehört, wenn sie, wie üblich, mit heruntergelassenen Fenstern gefahren wären. Aber die Nacht war kalt.

Hoffnung siegte über die Verzweiflung. Endlich war die Polizei da. Noch nie war Vuyo so froh gewesen, ein Blaulicht zu sehen. Er war schon viele Male davor davongelaufen, aber heute war das ganz anders. Da konnte hinter ihm noch so viel geschossen werden.

Bulelani war sich nicht sicher, ob sein Rufen irgendjemanden erreicht hatte. Er hielt sich hinter einer Hecke versteckt, sicher

50 Meter von dem Bakkie entfernt. Die beiden Schützen, von denen einer in seine Richtung geschossen hatte, kauerten jetzt unter dem Wagen. Er hörte die Kugel, die vom Autodach abprallte und die Schüsse, die Pastor abgab. Und dann das Gewehrfeuer, von wo auch immer das abgegeben wurde. Er hielt sich besser versteckt.

Angst hatte Jo-Jo keine. Vielleicht lag das daran, dass der Boss über ihn wachte. Er lag auf dem Heck des Polizei-BMW und zielte, so gut er konnte, auf den Bakkie. Er sah das Weiß des Lacks besser als irgendetwas anderes, aber wenn er das Auto traf, dachte er, dann war die Chance sehr hoch, dass auch die Tsotsis was abkriegten. Also schoss er. Tack, tack, tack, tack. Bis zur letzten Patrone.

Vuyo war das Kriechen leid. Er richtete sich mühevoll auf und streckte sich. Der Rücken tat ihm weh von den unnatürlichen Bewegungen. Und das Bein mit der Schusswunde schmerzte. Er belastete beide Beine gleichzeitig und stöhnte. Mit kleinen Schritten gelangte er in die Mitte der staubigen Straße und breitete die Hände aus. Er konnte den Polizeiwagen schon sehen. Oh, dachte er, es waren sogar zwei.

„Nimm die Hände von meinen Schultern", sagte Lettie leise. „Was?", fragte Princess lauter zurück. Im Lärm der Schüsse war es schwierig geworden, sich zu verständigen. Lettie schob die Hände der anderen von ihren Schultern und hob die Arme so an, dass sie den Abzug des Revolvers vor Augen hatte. Wie gut man sich an die Dunkelheit gewöhnt, dachte sie. Die beiden Tsotsis, die sie eben gesehen hatten, waren immer weiter zurückgewichen vor den neu Angekommenen und standen jetzt so weit entfernt vom Zaun wie von den Frauen. Lettie zielte so genau, wie sie es vermochte und drückte ab. Einer der Tsotsis fiel sofort zu Boden. Der andere sprang zur Seite. Lettie senkte den Revolver und schoss noch zweimal, aber sie sah den zweiten Gangster schon nicht mehr. „Versuch's noch einmal!", hörte sie Noluthando hinter sich.

Franz Muller sah, dass Jo-Jo sein Pulver verschossen hatte. Er war immer noch in der Position, in der ihn Jayne haben wollte. Sie hatte irgendwie die Führung übernommen. Sollte er hierbleiben? Oder sich bewegen? Er konnte versuchen, Jo-Jo sein Hi-Tech-Gewehr an einem Seil herunterzulassen. Aber war das nicht zu gefährlich für seinen Arbeiter? Er musste es ja holen kommen? Er konnte es auch runterwerfen. Muller fragte sich, wer gerade geschossen hatte. Drei Schüsse aus einem alten schweren Revolver hatte er identifiziert.

„Pass auf!", rief Constable Ncita. Aber Sergeant Twaku hatte kein Auge für das lebende Hindernis direkt vor ihm. Er fuhr Vuyo um und über ihn drüber. Erst dann bremste er abrupt. „Was war das?", fragte er. „Da war einer", sagte Ncita. „Hab ich doch gesagt."

„Rettung!" war das Vorletzte, was Vuyo in seinem Leben dachte. Dann nur noch: „Warum bleiben die nicht stehen?", bevor er von dem ersten Polizeiauto erfasst wurde. Es fuhr über ihn hinweg und brach ihm zahlreiche Knochen, tötete ihn aber nicht. Erst der zweite Wagen erwischte seinen Kopf mit der Vorderachse so heftig, dass Vuyo sofort starb. Der alte Nissan mit Inspector van Vuuren am Lenkrad blieb über seiner Leiche stehen.

Die Schüsse auf sein Auto hatten Pastor in die Defensive gebracht. Er wusste nicht einmal, ob die beiden auf der anderen Seite des Bakkie noch am Leben waren. Irgendwo war gerade geschossen worden. Nicht weit von ihm, aber er konnte nicht lokalisieren, von wo. Und schon gar nicht, auf wen. Freund oder Feind? Er wusste es nicht. Und jetzt war die Polizei auch da. Wenn er wenigstens eine Möglichkeit hätte, sich den Rücken frei zu halten. Mehr verlangte er ja gar nicht. Er stellte sich hinter die offene Tür zum Rücksitz und hielt auf den ersten Polizeiwagen drauf.

„Hab ich doch gesagt!“ Mit diesen Worten öffnete Constable Ncita ihre Tür und stieg aus, um nach dem Verletzten zu sehen. Die Kugel erwischte sie unterhalb des Doppelkinns und streckte sie sofort nieder. Sie starb nur wenige Sekunden, nachdem ihr Auto über Vuyo gefahren war. Sergeant Twaku tat, was er in der Polizeischule gelernt hatte. Er rutschte vom Sitz so weit in den Fußraum, wie es eben möglich war. Parallel dazu schaltete er die Beleuchtung und das Blaulicht aus. Zwei Kugeln prallten von der Schräge der Windschutzscheibe ab, zwei oder drei mehr gingen wer weiß wo hin. Dann öffnete er die Tür in der Hoffnung, dass niemand von der Seite schießen würde.

Thabo verfluchte die Verletzung, die er sich damals zugezogen hatte. Die Lähmung wegen einer Blutvergiftung. Dafür war er immerhin noch ganz beweglich, aber Jayne war ihm weit voraus. Er sah sie nicht einmal mehr. Das Geschieße am Haus machte ihn nervös, aber er konnte nicht schneller. Wie gern würde er in einer sicheren Position liegen und dafür sorgen, dass es den Richtigen an den Kragen ging. Bam, bam, einen nach dem anderen. Er war außer Atem und musste stehen bleiben. Der Klang der Waffe, mit der eben drei Mal geschossen worden war, kam ihm bekannt vor. Es half ihm nicht, seine Nervosität in den Griff zu kriegen.

Eines schien ihr sicher. Von hinten würde sie nicht unter Beschuss geraten. Alles andere war ihr ein Rätsel. Jayne sah das Blaulicht, ohne die Autos selbst im Blick zu haben. Wie war die Polizei dann doch hierher gekommen? Geschossen wurde aus allen Richtungen, in alle Richtungen. Sie hatte den Überblick verloren. Sie ging davon aus, dass von innerhalb des Zaunes nur ihre Leute schossen. Aber was sahen die von dort? Und waren neben der Polizei noch andere Leute draußen auf ihrer Seite? Was hatte der

Arbeiter gesagt? War das seine Frau gewesen, die er da erkannt hatte? Die würde zwischen die Fronten geraten. Und der Schatten da vorn. War das der Anführer? Warum war er dann nicht bei den Leuten, die in dem Bakkie angekommen waren? Jayne schlich sich langsam an den Schatten heran.

In der Hocke fühlte es sich sicherer an. Weniger verwundbar. Bulelani blickte auf die Szene am Tor und fragte sich, was schief gegangen war. Warum war Pastor sofort beschossen worden? Und war der Helfer von Pastor, der über dem Beifahrersitz lag, tatsächlich tot? Wo waren Enoch und Sandi? Und wo Lulama? Wie kam es, dass die Cops hier waren? Und welche Chance gab es, hier wegzukommen? Bulelani dachte nicht mehr an die Diamanten. Und auch nicht mehr daran, im Haus nach Geld und Schmuck zu suchen. Er musste hier weg. Aber wohin? Wenn die Cops beschäftigt genug waren, konnte er vielleicht parallel zur Straße flüchten. Aber er wusste nicht, wie viele in den beiden Autos gekommen waren. Jetzt schossen sie auf den Bakkie. Lieber einen anderen Weg suchen. Weg von der Straße. So wie am Abend, als er dem weißen Farmer begegnet war. Er schaute sich um. Und war sich sicher, eine Bewegung zu sehen.

„Geh!“, sagte Noluthando von hinten. Sie hatte auch gut reden, dachte Lettie. Hinten hatte sie keine Augen, aber sie war sich ganz sicher, dass sich die anderen drei Frauen hinter ihr aufgereiht hatten. Hinter ihr und dem Revolver. Sie hatte das Ding wieder geladen und ging langsam auf die Stelle zu, wo sie eben noch die beiden Tsotsis gesehen hatten. Der eine war umgefallen und der andere zur Seite gesprungen. Lettie hatte große Angst.

Sergeant Twaku hatte sich aus dem Auto fallen lassen. Das Glas der Fahrertür wurde zerschossen, als er gerade auf dem Boden ankam. Er blickte nach hinten. Die Fahrertür des zweiten Autos war auch offen. Gerade sah er, wie sich van Vuuren aus dem Auto warf. Er rollte über den Boden und lag dann auf dem Bauch, Waffe im Anschlag. Gelernt ist gelernt. Er wünschte sich, zu verstehen, was gerade passierte. Und er wünschte sich, keine Späße mit der jungen Kollegin gemacht zu haben. Er hatte keine Gelegenheit, ihren Puls zu fühlen. Nicht in diesem Geballer. Aber was eben aus ihrem Hals gespritzt kam, musste Blut gewesen sein. Er gab ihr keine große Überlebenschance. Langsam rutschte er auf dem Rücken hinter den Ford. Er blickte sich noch einmal um. Van Vuuren schoss in Richtung des weißen Bakkie, Constable Magwaca hockte hinter der Beifahrertür. Er winkte ihr, zu ihm zu kommen. Hinter seinem Ford war es sicherer als hinter ihrer Tür. Die richtige Munition konnte sie durchschlagen. Dann richtete sich Twaku hinter dem Ford auf und stützte die Arme auf das Dach. Er feuerte, was er hatte, auf den Bakkie und drehte sich dann um. Dort lag Magwaca. In ihrem Kopf war ein großes Loch.

Jayne sah, wie sich der Schatten erhob. Das war der Mann, dem sie diese Sache zu verdanken hatten. Sie hatte das Gefühl, dass er genau in ihre Richtung blickte. Er griff hinter sich.

Lettie ging weiter. Schritt für Schritt. Den Tsotsi hatte es fast den ganzen Schädel gekostet. Sie hatte gar nicht gewusst, was der Revolver anrichten konnte. Was sie aber mehr irritierte, war, dass der andere von den beiden nicht zu sehen war. Allerdings wurde vor ihnen noch heftig geschossen, also ging sie weiter. Die anderen Frauen folgten ihr. Der weiße Bakkie war das Auto, das eben angekommen war und dessen Ankunft alles verändert hatte. In der Fahrertür hockte ein schmaler Mann im Anzug und schoss in die Richtung, in der die Polizeiautos standen. Lettie hob die Arme und zielte. Der Helikopter kam wieder zurück. Was mochten Leute, die sich so etwas leisten konnten, um diese Zeit nur tun? Sie zielte lange und drückte erst ab, als sie sich ganz sicher war. Der im Anzug fiel ins Auto hinein.

Bulelani hatte seine Pistole in der Hand, als er den Heli hörte. Absurd, dachte er. So nah war er gewesen, und doch so weit weg. Er dachte auch an die Diamanten, die jetzt in dem Helikopter auf dem Weg nach Mosambik waren. Der Scheiß-Doktor hatte was von der mosambikanischen Mafia gesagt. Nächstes Mal, dachte Bulelani und schaute auf, als der Helikopter über das Farmhaus flog. Er sah die Lichter vorüberrauschen. Was er nicht sah, war Jayne, die sich angeschlichen hatte. Sie schoss Bulelani zwei Mal ins Herz.

Kein weiterer Schuss fiel mehr, als der Helikopter verschwunden war. Alles war ganz ruhig. Dafür hörte Lettie hinter ihr, wie Miriam zu weinen begann. Dabei gab es doch jetzt gar keinen Grund mehr.

25. AUGUST, 02.49H

Enoch hatte schon lange aufgehört zu laufen. Er war außer Atem. Es hörte und hörte aber auch nicht auf, das Farmland. Und alles gehört immer noch den Weißen, dachte er.

Er hatte am Ende nicht mehr alles mitbekommen, was geschehen war auf der Farm. Als es Sandi erwischt hatte, war er zur Seite gesprungen. Trotzdem war er von seinem Blut besudelt worden. War das weit gespritzt. Er hatte eine Minute lang stillgelegen und sich dann überlegt, dass es das Beste war, einfach zu verschwinden. Die Kräfteverhältnisse hatten sich verändert. Zu ihren Ungunsten. Und auch wenn die in dem weißen Bakkie wohl ihre Verstärkung gewesen waren, was sie nicht kapiert hatten am

Anfang, dann war mit der Ankunft der Cops doch alles mehr oder weniger zu Ende gewesen.

Was nur aus Bulelani geworden sein mochte?

Enoch lachte bei dem Gedanken, wie er die Polizistin zwischen den beiden Autos erschossen hatte. Bumm. Sie war einfach umgefallen. Die Kuh.

Endlich die Landstraße. Hier war irgendwo der zweite Wagen versteckt, aber Bulelani hatte die Schlüssel.

Es war noch dunkel, und bis zum ersten Taxi konnte es dauern. Sowieso besser, wenn er nicht gerade hier in eines einstieg. Aber der Weg nach Zwelitsha war weit, und er wollte ihn nicht komplett zu Fuß gehen.

Wenn er nach Hause kam, würde er die Kinder aus dem Shack nach draußen schicken und mit seiner Frau schlafen.

Dank an Martin Baltes und Dorothee Plass, die das Projekt begleitet und mir geholfen haben zu verstehen, worauf ich eigentlich hinauswill.

Und Dank an Henriette Gunkel, Anette Hoffmann, Dirk Lange und Burkhard Schirdewahn, die das Stück gelesen und es mit ihrer Kritik besser gemacht haben.

Ganz großen Dank an Gary Minkley. Für alles.

1. AUFLAGE 2014

WWW.DIAPHANES.NET

SATZ UND LAYOUT: 2EDIT, ZÜRICH

DRUCK: STEINMEIER, DEININGEN

ISBN 978-3-03734-701-0